Vicomte DU BREIL DE PONTBRIAND

Vertu de nos Pères

PARIS

Honoré **CHAMPION**, Éditeur

5, quai Malaquais

1911

Vicomte DU BREIL DE PONTBRIAND

Vertu de nos Pères

PARIS

Honoré **CHAMPION**, Éditeur

5, quai Malaquais

1911

VERTU DE NOS PÈRES

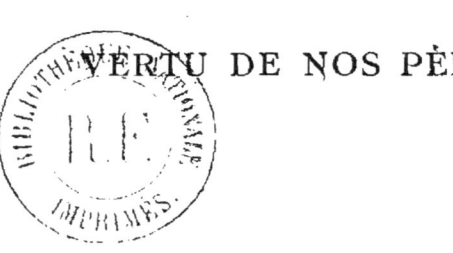

OUVRAGES DU MÊME

Vicomte DU BREIL DE PONTBRIAND

Vertu de nos Pères

PARIS

Honoré CHAMPION, Éditeur

5, quai Malaquais

1911

INTRODUCTION

Entre les faits dignes de mémoire dont nous avons essayé de retracer le souvenir dans divers ouvrages historiques et généalogiques concernant nos aïeux, il nous reste à rassembler ceux qui, en dehors de l'éclat purement humain, sont relatifs à un autre ordre de mérites non moins dignes d'être proposés en exemple à la postérité qui doit nous suivre ; mérites grands et petits, vertus héroïques ou modestes, mais mérites dont les moindres, à notre sens, ne doivent pas être négligés, parce que ce sont souvent les plus susceptibles de trouver des imitateurs. Or nous estimons que l'émulation pour le bien, sous toutes ses formes, ne doit pas être au dessous de celle qui vise la gloire de ce monde.

Nombreux sont, dès les premiers temps,

parmi nos ancêtres, ceux dont la vertu ou la
piété paraît devoir être l'objet d'une note
spéciale.

Sans entrer ici dans de plus grands détails,
RODOLPHE du Breil, marié, au cours du XIIe
siècle, dans l'importante maison de Meillac,
paroisse de ce nom, et mort avant 1192, paraît
avec plusieurs parents de sa femme, dans
divers actes touchant la fondation et la dotation de l'Abbaye de la Vieuville. GUILLAUME
du Breil, probablement fils du précédent,
qualifié chevalier, et sénéchal (vraisemblablement de la Cour de Vitré) est appelé, en 1177
ou peut-être plus exactement, « au temps de
Roland, élu archevêque de Dol, soit de 1177 à
1187 », à servir d'arbitre, avec l'évêque du
Mans et divers seigneurs du pays, au sujet de
la possession de la terre de la Bigotterie, récla-
mée par les moines et l'abbé de la Vieuville,
et objet d'un procès « qui alla jusques devant
le Saint Père de Rome », mission qui témoi-
gne hautement de la prud'hommie et de la
considération de celui qui en était l'objet. —
Pas n'est besoin de dire que les seigneurs et
chevaliers qui, parmi nos ancêtres, prirent
part à la Ire et VIIe croisades, poussés par la
sainte ardeur de délivrer le tombeau du Christ
des mains des Infidèles, ne démentaient pas

la foi et la piété de cette généreuse milice. A côté d'eux, n'oublions pas non plus de vénérables personnages, comme EUDE *du Breil, prieur du monastère de Chantoceaux, à la fin du XIIe siècle, suivant une charte de Marmoutiers, et* GUILLAUME, *chanoine de l'église de Dol, chargé de la procuration du chapitre dans plusieurs actes concernant l'élection, en 1340, au siège épiscopal, de Henri du Bosc ou du Bois, élection contestée, dans le premier moment, par l'archevêque de Tours.*

Toutefois, nous avons hâte de venir à un historique plus précis et plus documenté, dont nous commencerons par puiser, en grande partie, les éléments dans les archives du couvent des Frères Prêcheurs de Dinan (Dominicains ou Jacobins, autrement dits encore Cordeliers), couvent remontant, ou peu s'en faut, à l'époque où saint Dominique lui-même (1), prêchait, dans notre pays, la croisade contre les Albigeois. La première fondation en est généralement attribuée à l'illustre maison de Coëtquen, ramage de celle de Dinan, par d'autres cependant au bienheureux Alain de Lanvallay, qui,

1. *Saint Dominique avait entraîné nommément à sa suite l'évêque de Saint-Malo, Pierre Giraud et le vaillant chevalier Alain de Lanvallay.*

du reste, était lui-même prochement allié des Coëtquen.

Quoiqu'il en soit, les souvenirs du couvent dinannais ont été recueillis, en 1725, par un annaliste, que l'on croit être le Père Jules ou Julien le Texier, et sont conservés aux Archives de l'Ordre, sous le titre de Mémoires historiques de la fondation, des bienfaiteurs et des personnes illustres en vertu et en science des Frères Prescheurs de la ville de Dinan, en Bretagne. C'est la principale source dont le P. Dom M. D. Chapotin a tiré, de nos jours, la matière de ses Souvenirs Dominicains dans le diocèse de Saint-Brieuc (1).

Parmi les plus insignes bienfaiteurs de notre maison dominicaine, étaient, avec les Coëtquen et les vicomtes de Dinan, les Beaumanoir et les du Guesclin ; car on ne doit pas oublier que le grand connétable, par son testament, dicté devant Châteauneuf-Randon, le 3 juillet 1380, avait choisi sa sépulture en l'église Saint-Jacques dudit couvent, à côté de sa première femme, Tiphaine Raguenel, quand la reconnaissance royale réclama son corps pour les honneurs insignes de Saint-Denis, ne laissant à Dinan que son cœur magnanime.

1. Revue historique de l'Ouest, 1889, 1890.

Or, le P. le Texier cite ensuite trois autres familles « parmi les plus nobles du pays », dont la piété voulut abriter leur dernier sommeil sous les voûtes des fils de saint Dominique : « Les seigneurs de Moniauban, puisnés de la maison de Rohan », les d'Angoulvent, seigneurs de Coëtcouoran, et les du Breil, qui vont maintenant nous occuper.

Vertu de nos pères

CHAPITRE PREMIER

Temps anciens

I. — Jean du Breil, écuyer, puis chevalier, sous Olivier de Clisson, l'an 1383, marié, en 1360 à « damoiselle Gervaise le Borgne », fut, paraît-il, parmi les nôtres, le premier qui commença la série de libéralités et de fondations, continuées après lui par ses descendants. « Il fit, en effet, dit André du Chesne, beaucoup de biens au couvent des Frères Prescheurs de Dinan, en l'esglise desquels il fut enterré, avec son épouse », cela, vraisemblablement, dans les dernières années du XIVᵉ siècle.

« Le P. le Texier, nous dit l'auteur des *Souvenirs dominicains dans l'évêché de Saint-Brieuc*, ne pouvait ignorer le fameux débat entre les deux familles du Breil et de Coëtquen, rapporté par du Paz, au sujet des deux tombes de Roland du Breil et d'Olive Chastel, sa femme, qui vivaient en 1380. Ces tombes à plate-forme, placées au chœur des Jacobins de Dinan, portaient leurs armes, ainsi que les verrières du bas du chœur, au costé de l'épitre. Le sire de Coëtquen, qui prétendait, comme fondateur, au droit exclusif de sépulture, fit « rompre » par ses gens les deux tombes et une « fausse chasse qui était dessus ». Mais les Dominicains qui avaient accordé ce droit à la famille du Breil, en considération de ses bienfaits, intervinrent, et le sire de Coëtquen, par un accord passé en la maison de noble homme Roland du Breil, sieur de Rais, le 2 mars 1469, finit par consentir aux tombes et armoiries, ses prérogatives de fondateur restant sauves. »

Il ne sera pas hors de propos de rapporter un extrait de cet accord qui terminait ainsi un fort long différent :

« ... Comme débat et procès se serait meu et suivy, tant au Conseil du Duc qu'aùtres lieux... touchant le droit de sépulture et enterrage dudit deffunct Rolland du Breil, duquel M. Olivier du Breil est fils aisné, héritier principal et noble, lequel a dit avoir fait

les frais des enquestes et procès-verbaux,
tant à l'encontre dudit sire de Coesquen, que
contre autres gentilshommes parents dudit
sire et de ses serviteurs domestiques, lesquels
s'estoient advancés de rompre deux tombes
et une fausse chasse et escussons, jaçoit que
ledit sire de Coesquen ne le deust faire, bien
qu'il fust fondeur et bienfaiteur de l'église et
couvent des Frères Prescheurs de cette ville,
lesdits Rolland du Breil et Olive Chastel, sa
femme, ayant donné plusieurs biens, et, entre
autres, une chasuble, deux daumoires, le tout.
de velours noir ; considérans iceux bienfaits
et ceux de deffuncts Jechan du Breil et Gervaise le Borgne, père et mère dudit Roland, les
prieurs et Frères Prescheurs dudit couvent
auraient consenty la sépulture audit deffunct,
de son vivant, et mettre deux tombes ar-
moiées de ses armes, et, à vis, en une vitre,
escussons armoyez de sesdites armes. Et d'i-
celles choses et maltalens passez, se fussent
ensuivies plusieurs malveillances ; à toutes
lesquelles mettre fin, ledit sire de Coesquen
et ledit M. Olivier du Breil, Rolland du Breil
et autres se sont représentez à ung cognois-
sans avoir transigé, composé et appointé sur
ce faict. C'est à sçavoir, ledit sire de Coesquen
consent que ledit Olivier du Breil fasse re-

mettre les deux tombes dans le chœur, près
l'entrée d'iceluy, et, à vis, du costé du cloistre, en pareil, escussons de ses armes et alliances, en la vitre, en tel nombre que luy sem-
blera; et a ledit sire de Coesquen quitté et
relaissé, tant pour luy que pour ses hoirs et
héritiers, à jamais, une mine de froment de
rente qui fait huict boisseaux, mesure de
Chasteauneuf, qui estoit due audit sire sur une
disme en la paroisse de Pludihen appartenant
audit deffunct Roland du Breil, de laquelle
jouissait Olive Chastel; n'empeschans et dé-
clarans ne se vouloir opposer pour l'advenir
lesdits dénommez, que ledit sire de Coesquen
soit et demeure fondeur d'icelle église... Ce
fut fait en la maison de noble homme Roland
du Breil, seigneur de Rais, présens lesdits
dénommez, le 2ᵉ jour de mars de l'an 1469.
Ainsi signé : G. DE MARGARO, J. L'ABBÉ. »

II. — ROLAND du Breil, Iᵉʳ du nom était le
deuxième fils de Jean qui précède et de Gervaise le Borgne, mais son frère aîné Briand ou
Bertrand étant décédé sans enfants, il lui succéda ainsi qu'à ses père et mère, celle-ci après
qu'elle eût survécu fort longtemps à son mari,

et fait démission de tous ses biens, y compris
ceux dont elle jouissait à titre de douaire,
« ès paroisses de Plélan, Plédélia, Plebaleu,
Lansicul, Corseul, Bourseul et autres. »

Il est probable que Roland n'avait pas encore
recueilli ces diverses successions, quand il
épousa, sur la fin du XIVe siècle — « devant
l'an 1400 », marque André du Chesne, « avant
l'an 1399 », au dire de du Paz, — damoiselle
Olive Chastel ou du Chastel, de la maison de
Rouvraye.

« Lesdits Roland du Breil et Olive Chastel,
comme l'a écrit le même du Paz, firent aussi,
durant leur vie, de grands biens aux religieux des Frères Prescheurs de Dinan, en
recoignaissance desquels ils' leur accordèrent
d'estre inhumez au cœur de leur église, au
lieu où lesdits Jean du Breil et Gervaise le Borgne, père et mère dudit Roland avoient esté
enterrez, d'y avoir deux tombes à plate forme et escussons en la vitre au bas du chœur,
du costé de l'espitre, à vis lesdites tombes
qui s'y voient encore » ; ce qui est aussi rapporté à peu près dans les mêmes termes par
André du Chesne.

Il y a lieu de nous arrêter séparément aux
enfants que laissaient Roland du Breil et Olive

du Chastel, ci-dessus, enfants qui furent auteurs des différentes branches dans lesquelles s'est perpétuée leur famille, et très dignes, pour eux-mêmes, de souvenirs particuliers :

III. — OLIVIER du Breil, seigneur du Chalonge-Tréveron, de Gouillon et autres lieux, fut un des hommes les plus éminents de son époque, sénéchal de Dinan, puis de Rennes et juge universel de la Province, ambassadeur pour le Duc près des principales cours de l'Europe, « lesquelles dignitez, dit André du Chesne, il administra avec tant de prudence qu'il en remporta le glorieux éloge de *grand homme de bien*. »

Personne n'ignore le rôle de haute probité qu'il tint dans le déplorable procès du malheureux prince Gilles de Bretagne, suivant que nous l'a retracé l'historien d'Argentré :

Sollicité par le duc François II de servir la haine que celui-ci nourrissait contre son frère, rien ne put le faire dévier de la ligne du devoir et de l'humanité. — Sans braver inutilement son souverain, il ne lui concéda jamais que ce que lui commandaient strictement les obligations de sa charge de procureur général, gardant toujours dans sa résistance une mesure et une prudence moyennant lesquelles il lui fut donné de servir par de sages conseils, la clémence et la pitié, cela, jusqu'au point d'encourir une demi-disgrâce, selon que nous en avons retrouvé la trace dans notre précédente étude sur la carrière de cet intègre personnage.

Non moins inaccessible se montra-t-il à d'autres suggestions qui lui vinrent de certains familiers du Duc, ses amis personnels, comme le chambellan Jean Hingant, qu'il fit rougir de ses coupables complaisances à suivre les volontés de son maître, et détermina à s'éloigner de la Cour plutôt que de tremper dans les trames qui s'y préparaient.

On connaît le portrait qu'a tracé de lui le vicomte Walsh, dans un ouvrage qui n'est pas exempt de quelque fantaisie, mais portrait, cependant, que ne dément pas l'Histoire :

« Les conseils d'Olivier du Breil avaient toujours un grand poids, car c'était un de ces hommes probes, fermes et vertueux, que la terre aime autant que le Ciel ; un de ces hommes selon le cœur de Dieu et selon le cœur des princes qui veulent le règne de la Justice. Magistrat sans faiblesse et sans reproche, il était sévère contre le crime, compatissant pour le malheur. A son tribunal, il ne craignait que le Juge des juges; tous les rois du monde n'auraient pu le détourner de son devoir » (1).

On ne peut douter qu'Olivier du Breil ait continué, vis-à-vis du couvent des Frères Prêcheurs de Dinan, le rôle pieux et bienfaisant de ses prédécesseurs, et nous en avons déjà vu la preuve dans le procès que sa famille eut à soutenir avec les sires de Coëtquen, procès où il intervient en première ligne pour défendre les droits acquis par les libéralités de plusieurs générations.

Des grandes affaires qu'il eut à gérer dans sa vie d'homme d'Etat, et des nombreuses missions dont il eut, pour son pays, la charge incessante, retenons seulement « l'ambassade célèbre », comme l'appelle dom Taillandier, pour laquelle il fut député en Cour de Rome, avec Vincent de Kerléau, abbé de Bégard, afin de réclamer spécialement contre la nomination à l'abbaye de Saint-Sauveur de Redon, d'Arthur de Montauban, principal promoteur du meurtre du prince Gilles, en quoi les am-

1. *Le Fratricide*, ou *Gilles de Bretagne*.

bassadeurs obtinrent un plein succès, en même temps que le pape Pie II leur donnait une marque singulière de faveur et de sympathie en leur demandant de tenir sur les fonts du baptême un sien petit-neveu nouveau né.

On sait qu'Olivier du Breil était mort avant le 19 novembre 1479, et que sa veuve, Guillemette l'Enfant, dame de la Tandourie, dont la famille eut de grandes charges à la Cour de nos ducs, lui survécut au moins jusqu'en 1496.

IV. — ROLAND du Breil, IIe du nom, seigneur de Rays et des Hommeaux, frère d'Olivier ci-dessus, et second fils de Roland Ier et d'Olive du Chastel, « parut, dit André du Chesne, entre les plus célèbres personnages de son temps, et par ses vertus mérita de grandes et éminentes charges, car il fut sénéchal de Rennes et juge universel de Bretaigne, et avait une compagnie de gens de pied entretenue, pour le service du Duc, en la ville de Dinan, l'an 1488. »

Sans relater plus amplement la suite de sa carrière, qui paraît avoir été également distinguée au point de vue civil et au point de vue militaire, comme le remarque le même André

du Chesne, quand il dit que « le roy Charles VIII...., voulant reconnaistre les bons services qu'il avoit reçus de luy *dans les guerres
du pays*..... luy donna aussi l'office de président au parlement de Bourdeaux (1) par lettres du 13ᵉ jour de septembre 1489 » ; nous
noterons seulement qu'il revint en Bretagne
comme président du parlement, dit *Grands
Jours*, et qu'enfin, « estant chargé d'honneurs et
d'années, » suivant l'expression de du Chesne,
il fit son testament le 2 mai 1501, testament
que résume ainsi du Paz : « Il choisit sa sépulture dans l'église des Frères Prescheurs de
Dinan, devant l'autel de Notre-Dame du Miracle, ordonne mille messes estre célébrées
pour le repos de son âme et de ses parens et
amis trespassez, fonde et dote trois messes
par chaque semaine audit autel, veut et en-
tend que ses deffunctes femmes, desquelles il
nomme Philippotte de Québriac et Guillemette de Champeigné et Jeanne Gouyon sa
femme lors vivante, y soient participantes,
lègue cinquante livres pour estre distribuées
aux pauvres le jour de son enterrement, et
cinquante escus auxdits religieux pour avoir
une tombe armoyée de ses armes, et épita-

---

1. Et de Toulouse.

phe des jour et an de son déceds (1), fait
mention de Charles du Breil, son fils, de Guillaume du Breil, son autre fils, et de Claire du
Breil, sa fille ».

« Il avait fait, dit le même du Paz, une fondation, donné nombre de rentes, et fait embruncher la nef, le chœur et le vieil cloistre
de ladite église et couvent, en témoignage de
quoy l'escusson des armes dudit défunct, qui
est *d'azur au lion d'argent*, est encore en haut
dudit embrunct. »

Voici ce qu'ajoute le P. le Texier : « Messire Roland du Breïl *(sic)*, d'une famille
ancienne et illustre, donna aux Frères Prescheurs de Dinan tant de marques de son affection qu'on ne peut sans injustice et sans in-
gratitude, manquer de le mettre au nombre de leurs bienfaiteurs. Il fut première-
ment sénéchal de Dinan, et ensuite de Rennes. Enfin, il fut fait président du parlement
de Bretagne par le roy Charles huitième qui
l'érigea pour lors, comme il paraît par ses
lettres patentes dattées du 27ᵉ novembre 1495.
Il est vray qu'il ne se tenoit alors que depuis
le premier de septembre jusqu'au quinzième

1. Fait encore divers autres legs pieux et charitables.

d'octobre, il n'y avait que deux présidents et
dix-huit conseillers. Mais il fut réduit dans la
forme où il est, en l'année 1553.

« Ledit seigneur du Breïl *(sic)* reçut ordre du
Roy de donner main forte, s'il en étoit besoin,
à frère Guillaume Noël (ou Nédellec) et Tristan
Dolo, docteurs, et à frère Jean Cellier, bache-
lier en théologie, pour la réformation des
religieux de Dinan, et les obliger de vivre sous
la dépendance et juridiction du vicaire général
de la congrégation de Hollande, conformé-
ment aux lettres patentes d'Olivier, cardinal
de Naples, protecteur de l'ordre de Saint-
Dominique, et qui en avait été requis par le
Roy et la Reine Anne, auparavant duchesse
de Bretagne. Les titres en sont en parchemin,
dattés de Rome le 8ᶜ février 1496, et signés
O. CARDINALIS NEAPOLITANUS, *manu propriià*,
avec un sceau pendant imprimé en cire
rouge..... »

Cette mention nous fait voir que les continua-
teurs des premiers bienfaiteurs que nous avons
nommés précédemment n'étaient pas moins
zélés au spirituel qu'au temporel, pour ce qui
regardait l'ordre de Saint-Dominique ; il s'agissait, en effet, de ramener la ferveur des premières observances, suivant les exhortations
de saint Vincent Ferrier et de son émule,

d'un renom de sainteté presque égal, le dominicain Victor-Hervé Nédellec, et la réforme
avait commencé à s'accomplir principalement
dans la province de Hollande, d'où elle se
répandait successivement dans le reste de la
Chrétienté.

Ce fut ce mouvement réformateur auquel
on voit que participa Roland du Breil, en y
consacrant son influence et l'autorité qu'il
tenait de ses fonctions.

Il touchait alors à la fin de sa longue carrière, sans que, paraît-il, son activité, eût cédé
au nombre des années.

Son décès doit être fixé vraisemblablement
au 2 avril 1502. C'est la date que fournit un
aveu rendu au Roi par son fils aîné, en la
chambre des Comptes de Nantes ; cependant
du Paz dit : « Le 2ᶜ jour de may, après Pas-
ques » ; mais il n'y a peut-être là qu'une légère
confusion entre le décès et le testament (que
nous avons bien vu être du 2 mai, mais de
l'année précédente (1501, et non 1502), sans
qu'il nous semble y avoir à relever une autre
erreur ou *lapsus*, qui fait dire au P. le Texier :
« Ledit seigneur, par son testament datté du
2ᶜ jour de may *1505*) » (1).

1. L'original, à première vue, pouvait bien per-

Le P. le Texier après avoir relaté les dispositions testamentaires de Roland du Breil y ajoute :

« Demoiselle Jeanne Gouyon, dame de Vauclérac, sa cinquième femme, ajouta à la fondation de son mari, la somme de cinq livres monnaie de rente annuelle.

« Les seigneurs du Breïl *(sic)* Pontbriand, qui font la seconde branche de cette maison, y ont encore ajouté de nouveaux bienfaits, et leur enfeu prohibitif est dans la chapelle autrefois appelée de Saint-Thomas et maintenant du Rosaire, du costé du grand autel. Leurs armes portent : *D'azur à un lion d'argent.* »

V. — CHARLES du Breil, seigneur de Plumagat ou de Plumaugat et du Pin, frère des précédents Olivier et Roland, et comme eux fils de Roland Ier et d'Olive du Chastel, était procureur du duc de Bretagne à Dinan, et fut employé comme commissaire aux réformations

mettre, en effet, au lieu de « quinze cens *ung* », de lire : quinze cens *cinq*. La copie même, que nous devons à l'obligeance de M. le comte de Palys, inviterait presque à cette confusion.

de la noblesse en 1481 et 1485. Il souscrivit la capitulation de Dinan, le 9 août 1488, et le 12 juin 1489, traita au nom des habitants de la ville, avec Jean vicomte de Rohan, pour le rétablissement de l'église Saint-Malo, ruinée pendant les guerres civiles, et qu'il s'agissait de reconstruire à l'intérieur des murs de la cité, en dehors desquels elle se trouvait située primitivement ; à l'occasion de quoi il lui fut accordé, conjointement avec Ethaisse de Champagné, son épouse, deux tombes dans le chœur de la nouvelle église, « en la place la plus honorable après le vicomte de Rohan », concession revêtue du consentement de l'évêque de Saint-Malo, le 24 juin 1492.

C'est dans cet enfeu encore existant, qu'après des libéralités nouvelles, succédant à celles que nous avons enregistrées pour l'église des Frères Prêcheurs, furent inhumés Charles du Breil et Ethaisse de Champagné, le premier le 2 septembre 1497, et la seconde, le 6 mars 1501.

CHAPITRE II

XVIᵉ et XVIIᵉ siècles

VI. — JULIEN du Breil, seigneur de Pontbriand, du Pin, de la Mettrie, Launay-Quinart,
la Marre-Jouan, etc., gouverneur de Redon
(avant 1551), capitaine de Dinan (en 1562),
commissaire des guerres, chevalier de l'ordre
du Roi (en 1570), époux de dame Marie Ferré
de la Garaye, par contrat du 20 mars 1551 (1),
continua, de concert avec celle-ci, les libéralités de ses ancêtres au couvent des Frères
Prêcheurs de Dinan, telles que nous les
avons déjà vues rappelées par le P. le Texier.

Le P. du Paz, cité par le P. Chapotin,
nous apprend aussi qu'ils « fondèrent et dotè-
rent une messe à note, en haute voix, a estre

1. Devenu veuf en 1580, il prit une seconde alliance avec Julienne de la Villéon, veuve de Christophe des Nos.

chantée par les religieux du couvent des Frères Prêcheurs à Dinan, chaque samedy de
l'année, et à la fin d'icelle un respons de vigi-
les des morts, et entre les deux élévations du
corps de Nostre-Seigneur, le verset *Pie Jesu*,
pour le remède des âmes de luy et de sadite
compagne, de deffuncte noble et puissante
dame Perronnelle de Guémadeuc, aisnée de
Guémadeuc, qui fut femme et compagne de
noble et puissant messire Bertrand Ferré,
vivants sieur et dame de la Garaye, en la chapelle de Saint-Thomas. Lesquelles fondations,
ajoute-t-il, lesdits religieux consentirent et
accordèrent d'autant plus volontiers, qu'ils
recognurent que les prédécesseurs dudit messire Julien du Breil avaient de tous temps fait
autres fondations, biens et aumônes audit
couvent, entre autres, feu messire Roland du
Breil, qui avait fait embruncher la nef et le
chœur et le vieil cloistre, en tesmoignage de
quoy l'escusson des armes dudit deffunct
est encore en haut dudit embrunct » (1).

1. Cet acte est donné par certains comme du 27
septembre 1554, par d'autres comme de 1574 (même
date), ce qui tient sans doute à ce que les chiffres 5
et 7 peuvent se prendre, assez aisément l'un pour
l'autre en écriture cursive ; mais, ce qui est pour
nous déterminant, c'est que Julien du Breil, dans la

Après avoir toujours efficacement protégé la ville et le pays de Dinan contre les tentatives de rébellion protestante, il décéda au château de Pontbriand le jeudi 5 mars 1587, et fut inhumé le lendemain en l'église de Pleurtuit, d'où il semble que son corps ait été transféré dans l'enfeu des Jacobins de Dinan : Nous avons déjà remarqué ailleurs que les registres de Pleurtuit le disent mort à 95 ans, ce qui nous semble invraisemblable à tous égards et ce que nous croyons devoir traduire par le chiffre 75 (au lieu de 95).

VII. — JEAN du Breil, seigneur châtelain de Pontbriand, fils aîné de Julien, qui précède, comme lui, chevalier de l'Ordre, maréchal de camp des armées du Roi. C'est lui qui soutint dans son château de Pontbriand, le siège célèbre de 1590, contre les troupes du duc de Mercœur, et ne cessa ensuite de tenir le parti du Roi jusqu'à la prise de Dinan, bien que restant toujours fidèlement attaché à la religion catholique.

copie donnée par la Réformation, y porte la qualité de chevalier de l'ordre du Roi, qualité qu'il n'obtint qu'en 1570.

Il épousa, par contrat du 7 février 1574,
demoiselle Claude de Bruslon (1), fille du
président Pierre de Bruslon, un des plus
éminents personnages de son temps. Il faut
redire de celui-ci ce qu'en écrivait l'annaliste
Jean Pichart à propos de sa mort et de ses
funérailles : « C'est une grande perte pour le
pays », et encore : « Le 24e du mois de février
(1594), le corps de deffunct messire Pierre
Bruslon... fut amené et conduit du chasteau
de la Musse en cette ville, avec tous les honneurs que pouvoit mériter un tel personnage,
et le lendemain fut inhumé en la chapelle de
Saint-Thomas, avec grandes pompes funè-
bres, où assistaient Messieurs de la cour de
Parlement... et grande abondance de peuple,
estant iceluy seigneur beaucoup regretté
comme bon patriote et qui a fait de grands
biens aux pauvres » (2).

Il faut encore rappeler ce que dit du Paz des
ascendants de la nouvelle dame de Pont-

1. Devenu veuf avant 1588, Jean du Breil épousa
en secondes noces, en 1598, Julienne de Launay,
de Launay-Comats, veuve de Pierre du Quélenec
de Bienassis et de Jacques Gouyon de Launay-
Comats, celui-ci auteur, par elle, des Gouyon de
Launay-Comats.

2. D. Morice. Preuves, t. III, pp. 1738, 1739.

briand : « Lesdits Brullons honorez tant pour
leur piété, fondation de chapelles, collèges
et hôpitaux, que pour les grandes et belles
charges qu'ils ont eües et heureusement
exercées pour le service de leur prince. »

C'est dans le testament de Jean du Breil,
daté de l'an 1612 (peu de temps avant sa mort,
puisque ses obsèques eurent lieu à Pleurtuit
le 6 avril de cette année), que l'on trouve con-
signées les marques principales de sa piété et
de sa charité. — Il fonde notamment une messe
à célébrer chaque samedi de l'année, en l'é-
glise de Saint-Briac, « dans la chapelle et
à l'autel de Notre-Dame du Miracle, vis-à-vis
le tombeau dudit testateur, estant dans ladite
église ; une autre, le lundi de chaque semaine,
en sa chapelle de l'église de Pleurtuit ; et une
troisième le vendredi, en sa chapelle de Saint-
Lunaire (1), ordonnant de plus la distribution
d'une mine de blé en pain, aux pauvres de la
paroisse de Pleurtuit, le jour de la Saint-Jean-
Baptiste, et une pareille distribution aux pauvres de Saint-Briac, le jour de la Sainte-Trinité.

Il mourut peu avant le 6 avril 1612, sa sépulture ayant eu lieu, ledit jour, dans l'église
de Pleurtuit.

1. *Pouillé hist. de l'archevêché de Rennes*, t. v.,
pp. 758, 759.

VIII. — Renɴé du Breil, premier comte de Pontbriand, par érection du mois de décembre 1650, fils de Jean qui précède et de Claude de Bruslon, chevalier de l'ordre du Roi, comme son père et son aïeul, enseigne de la compagnie d'hommes d'armes de César, duc de Vendôme, gouverneur de Bretagne, eut particulièrement à cœur, de concert avec son épouse Jacquemine de Guémadeuc, de propager l'installation de la confrérie du Saint-Rosaire, chère à saint Dominique, qu'ils établirent dans la paroisse Saint-Sauveur de Dinan, le 30 janvier 1611, puis successivement dans celle de Pleurtuit, le 10 juillet 1622, et dans celle de Saint-Briac, le 20 octobre 1629, avec fondation d'une messe par semaine à perpétuité, en l'église Saint-Sauveur, ce que le corps des paroissiens accorde aux constituants « en raison des obligations qu'ils ont à leurs ancêtres. » Quant à la fondation de Saint-Briac, ils tiennent à déclarer, dans l'acte, qu'elle est faite « sans toutefois prétendre autres droits et prérogatives qu'avant l'établissement de ladite confrérie, n'ayant en vue que la gloire de Dieu. »

C'est par contrat du 6 septembre 1608, que

René de Pontbriand avait épousé Jacquemine de Guémadeuc, dont l'illustre ascendance remontait au roi saint Louis, et qui s'associa toujours aux actes pieux de son mari.

Dans la notice qui a été consacrée à leur fille aînée par une de ses sœurs en religion, on lit : « Son père s'appelait René du Breil, seigneur de Pontbriand, Madame sa mère était de la maison de Guémadeuc, tous deux des plus anciennes et illustres maisons de la Bretagne, mais beaucoup plus relevés par leur rare piété, qui les distinguait singulièrement dans le monde, que par le rang qu'ils y tenaient. Toute leur application fut d'élever leurs enfants dans les principes du christianisme, dans la crainte de Dieu, et de leur inspirer l'amour de la vertu. »

Mais, en l'année 1616, René fit une grave maladie, au cours de laquelle les deux époux crurent devoir faire un commun testament, en date du 16 août, testament par lequel « ils veulent être inhumés en l'église dudit lieu de Pleurtuit, dans la chapelle et enfeu de Pontbriand....., ordonnant *qu'on ne leur fît aucune pompe funèbre après leur décès, non plus qu'aux plus pauvres gentilshommes de la paroisse* » ; rappellent « le testament de messire Jean du Breil, seigneur de Pontbriand, père dudit

testateur, » demandant qu'il soit fidèlement
exécuté « au regard des legs et œuvres pieuses qu'il contenait », ajoutant la fondation
d'une troisième messe, par semaine, dans
l'église de Pleurtuit, aux deux autres déjà
fondées par leurs prédécesseurs..., » ce testament approuvé plus tard par divers parents,
confirmé le 5 août 1617, et signé alors : « René
du Breil, *depuis être guéri.* »

La vie de René de Breil se prolongea, cependant, jusqu'en 1666, mais, dès le 24 décembre
1661, appelé à rendre au Roi un aveu pour la
seigneurie et château de Pontbriand, il ne
pouvait « le signer, à cause de son grand
âge, faiblesse et défaillance de vue », et le
faisait signer, à sa place, par Robert Boster,
son chapelain.

Quoiqu'il soit mort, paraît-il bien, au château de Pontbriand, on ne retrouve pas son
acte de sépulture aux registres de Pleurtuit.

IX. — MATHURINE du Breil de Pontbriand, en
religion sœur *Marie-Angélique,* fille de René
qui précède et de Jacquemine de Guémadeuc,
eut une vie dont la sainteté atteignit au degré
le plus éminent.

Elle naquit au Pontbriand, le 2 novembre
1610, jour de la commémoration des morts,
et fut élevée au couvent des Ursulines de
Dinan, où, étant tombée dangereusement malade, elle voulut faire sa première communion revêtue de l'habit monastique, ce qu'on
crut devoir accorder à sa jeune ferveur.

Les années qui suivirent sa sortie de ce monastère furent partagées entre la maison paternelle et celle de sa tante la marquise de
Rosmadec-Molac. Sollicitée par diverses propositions de mariage, dont l'une paraissait des
plus avantageuses, elle les repoussa pour suivre
l'attrait qui l'inclinait à la vie religieuse, crai-
gnant même d'obéir à des motifs trop humains
dans choix du monastère où elle serait appelée
à vivre. C'est ainsi qu'elle avait pensé à celui
des Carmélites de Paris, où elle aurait retrouvé
une tante qu'elle chérissait, la mère de Jésus-
Maria, à qui elle s'était ouverte, l'une des
premières, de sa vocation (1), mais finalement
elle se décida pour celui de la Visitation, qui
s'établissait alors à Dol, sans être rebutée par

1. Ce devait être une sœur de son père, quoiqu'elle
ne nous soit pas autrement connue, car l'auteur de
la biographie dont il s'agit dit que « sa mère en
écrivit (de sa vocation), à la mère de Jésus-Maria,
sa belle-sœur, carmélite au grand couvent de Paris. »

la pauvreté de cette maison, et la réputation
de l'air malsain qu'on y respirait.

La vénérable mère Jeanne Chahu, première
supérieure, la reçut « comme un don du Ciel,
la regardant comme une ferme colonne et une
pierre fondamentale pour soutenir leur édi-
fice » ; ainsi s'exprime l'auteur (1) d'une notice
qui nous a été communiquée par les dames
Visitandines de Caen, sous ce titre : « *Abrégé
des vertus de notre très honorée et très vertueuse mère Marie-Angélique du Breuil* (sic)
de Pontbrian (sic), *décédée à Saint-Sauveur-le-
Vicomte, et professe du monastère de Dol, dont
la fondation a été transférée à Caen, et troisième supérieure de cette maison,* » laquelle
supérieure, (ladite mère Chahu), « après la
mort de cette grande religieuse, » rendait
d'elle ce témoignagne vis-à-vis de l'institut :
« Nous ne pouvions que bénir le Dieu tout puissant, qui nous favorisait d'un sujet si digne,
dont la vertu, la rare prudence, la solidité de
son jugement dans une très jeune personne
éclatait partout, » ajoutant encore : « Sa résolu-

---

1. Auteur que l'on croit être sœur *Marie-Thérèse
de Saint-Germain* qui fut la dernière assistante de la
vertueuse mère Marie-Angélique. C'est à cette notice
que sont empruntées les diverses citations qui vont
suivre.

tion prise, elle prit aussitôt notre saint habit, le jour de la Conception de la Sainte-Vierge, l'an 1628 ; en même temps, son cœur et son esprit se revêtaient si parfaitement des vertus intérieures et de tout ce qui est de notre sainte vocation qu'elle paraissait déjà toute parfaite. L'on ne pouvait remarquer en elle le moindre défaut digne de repréhention. »

Elle n'avait encore reçu que le voile blanc, quand on la chargea d'instructions à faire aux postulantes, et qu'on lui confia la garde des clefs du monastère. L'évêque de Dol et les sœurs de la première fondation en parurent surpris, et quelques réflexions en furent faites à la Mère supérieure qui n'hésita pas à faire cette réponse: « Ma sœur Marie-Angélique est déjà plus capable que moi d'être supérieure. » Aussi, la première année de sa profession, n'ayant encore que vingt ans, elle fut appelée à remplir la charge de receveuse et celle de directrice, toutes les deux très délicates et d'une grande importance, puis successivement celle de dépensière et d'assistante.

Enfin quand elle eût atteint l'âge de trente ans, requis par les constitutions, la très honorée mère Madeleine-Elisabeth de Maupeou, supérieure en exercice, qui avait attendu ce moment avec impatience, n'hésita pas à la proposer pour lui succéder. « Elle fut élue unanimement, à la satisfaction de toute la communauté ; » mais elle-même n'accepta ce fardeau qu'avec larmes, et par soumission à la volonté de Dieu, dont elle regarda cette élection comme une claire manifestation.

Peu de mois après, en quittant le monastère pour celui de Bayonne, où elle venait d'être élue, cette supérieure disait à ses sœurs : « Je m'en vais toute consolée de vous laisser entre les mains d'une si bonne mère. Je vous assure que j'ai vu quantité de supérieures dans le monde, d'ordres différents et de notre monastère de Paris, où plusieurs sont venues trouver notre digne mère de Chantal. Je n'en ai point vu qui égale la vôtre. *C'est une parfaite religieuse, une âme humble, obéissante, et une règle vivante*, qui n'a d'autres regards que Dieu et l'observation de sa règle, entièrement morte au monde et à soi-même. »

Autre témoignage qui lui était encore rendu par l'éminente mère Marie-Germaine de Vilette, quittant la maison de Rouen, qu'elle avait gouvernée six ans : « Votre mère est un trésor de vertu et de religion ; c'est une âme que Dieu possède, la plus humble que j'aie jamais vue... Gardez-là bien le plus que vous pourrez ; car si elle était connue dans l'institut, vous

ne l'auriez pas longtemps. Plût à Dieu que
toutes nos maisons fussent aussi bien pour-
vues ! »

« C'était de l'Esprit-Saint dit l'auteur de nos
Souvenirs, que provenait le merveilleux pouvoir que ses paroles avaient d'échauffer les
cœurs..... Le don qu'elle avait de discerne-
ment des esprits lui en faisait pénétrer le fond
si clairement que l'on était souvent surpris de
voir qu'elle connaissait les mouvements les
plus cachés du cœur et les motifs que l'on avait
eus, même dans les fautes purement intérieures. Plusieurs fois elle dit à quelques-
unes : « Vous avez fait, ma sœur, tel et tel
manquement », quoiqu'il ne fût qu'intérieur et
caché, et toujours remontré selon la vérité.
Ce qui parut plus remarquable une fois, entre
autres, à l'égard d'une petite sœur du petit
habit, âgée de 13 ans, laquelle, ensuite de quelques passions ou tentations, commit une faute
notable, seulement dans sa pensée,..... et, au
quart. d'heure d'après l'oraison du soir, cette
mère éclairée l'envoya quérir, et après lui
avoir parlé convenablement à son besoin, lui
demanda : « N'avez-vous pas commis aujour-
d'hui tel péché ? » lui en disant toutes les circonstances. Cette jeune fille, surprise de voir
sa faute découverte, fut contrainte de l'a-

vouer. Elle l'en reprit, lui faisant voir l'offense à Dieu. Cette jeune enfant raconta (la chose) à sa maîtresse, laquelle en parla à cette âme illuminée, lui disant qu'elle était bien en peine qui lui avait révélé sa faute, vu qu'elle l'avait tenue fort secrète : Elle répondit : « Personne ne me l'a dit, mais Dieu me l'a fait connaître pour le salut de son âme. » Il s'est encore bien passé des traits de cette nature... Toutes les personnes qui l'ont fréquentée assurent avoir été délivrées de leurs peines, en approchant de sa personne, avant même de lui avoir parlé. »

« Sa charité était universelle et sans nulle exception de personnes....., et l'on peut dire qu'elle possédait toutes les conditions que le grand apôtre donne à cette éminente vertu. Elle était bénigne, patiente, souffrant tout, supportant tout et jugeant bien de tout... »

« Sa pureté est toute dépeinte dans l'excellente constitution de la chasteté, car elle ne vivait et ne respirait que pour son cher époux, en toute honnêteté de paroles, de maintien et d'actions, ainsi que le recommande cette sainte constitution. Sa conversation était toute angélique, parlant presque toujours de Dieu, faisant son possible pour jeter dans les âmes de saintes pensées et de saintes inspirations, à la façon des célestes esprits ; la sainteté du sien ne pouvait souffrir la moindre imperfection volontaire dans son cœur, contre la pureté de son amour, qui la faisait vivre dans une nudité des créatures, telle qu'elle nous a confessé qu'elle ne pouvait se résoudre de dire une parole de complaisance pour témoigner l'affection qu'elle avait aux personnes qui lui étaient chères, dans la crainte qu'elle avait de les aimer naturellement..... Reconnaissant que quelques sœurs avaient de l'attache à sa personne, elle leur donna ces avis salutaires : « Il faut, mes « chères sœurs, nous souvenir que Dieu est « jaloux de notre cœur ; qu'il se déplaît à « voir des affections vaines et frivoles, et que, « l'ayant choisi pour l'unique objet de notre « dilection, il ne veut point de cœur partagé, « et *qu'à la facilité d'aimer, est attachée la* « *facilité de mal aimer.* »

En dehors de sa communauté, on attribua à ses prières ou à ses exhortations, nombre de conversions, soit d'hérétiques, soit de pécheurs endurcis, et de réconciliations durables entre ennemis les plus acharnés.

« On juge facilement..... du regret de ses filles, lorsque le devoir à leur règle les obligeait d'en faire la déposition (comme prieure), au bout de six ans de gouvernement, et l'ardeur incroyable qu'elles avaient de se revoir sous une si digne conduite. »

L'auteur de notre notice n'a pas cru devoir oublier les sentiments « d'un cœur filial et très affectif » dont elle honorait ses parents, « aussi, réciproquement, en était-elle très chérie ». Elle s'appliqua singulièrement à les rapprocher de son frère aîné que certains dissentiments avaient, un moment, éloigné d'eux ; en quoi elle réussit parfaitement, « et se rendît si maîtresse de leurs volontés qu'ils lui remirent de part et d'autre, leurs communs intérêts entre les mains. »

« M. de Pontbriand crut aussi ne pouvoir mieux placer ses deux jeunes frères (à elle), qu'à ses côtés. Il les envoya faire leurs études au collège des R. P. Jésuites de cette ville (Caen probablement), afin qu'elle eût un regard tout particulier à leur conduite. Elle eut peine à s'en charger, crainte que ce ne fût contraire au dénûment parfait ; mais M. son père et Mme sa mère le souhaitaient si passionément que ses supérieurs, qui connaissaient la pureté de son dévouement, lui ordonnèrent de les satisfaire.

« Elle se soumit et eut un soin tout particulier de leur chercher des gouverneurs capables de leur inspirer la crainte de Dieu, la piété, et de veiller sur leur conduite, les reprenant fortement, mais si suavement de leurs défauts qu'ils la respectaient, l'aimaient et la craignaient comme leur propre mère... »

Ils (ses parents) voulurent lui confier encore « l'éducation d'une de Mesdemoiselles ses sœurs, qui prit le petit habit chez nous. Elle était fort avantagée de corps et d'esprit, et s'attirait les cœurs de tout le monde. Ses intentions paraissaient tourner du côté de la Religion, ce qui devait donner à cette très honorée mère un surcroît de satisfaction..... Dieu permit que cette aimable demoiselle tombât dans de grandes infirmités qui causèrent sa sortie... » (1).

Enfin, au commencement de l'année 1655, comme « cette grande servante de Dieu », « cette parfaite et incomparable religieuse », ainsi

1. On ne peut dire certainement quelle était cette jeune et charmante sœur, entre les trois cadettes de Mathurine, nées de 1618 à 1622. Nous croyons cependant que ce fut l'aînée (baptisée à Pleurtuit le 10 mars 1618) que nous regardions comme morte en bas âge ; en effet, les deux autres, Mmes de Saint-Gilles et de la Lande du Lon ne nous offrent pas de traces de cette enfance maladive et de cette velléité religieuse.

que notre auteur ne se lasse pas de la nommer, était, pour la troisième fois, au terme de
l'exercice de sa charge de prieure, elle eut
mission d'aller faire à Saint-Sauveur-le-Vi-
comte, une nouvelle fondation de son ordre ;
œuvre qu'elle accomplit avec son zèle accou-
tumé, « donnant, dans tout le pays une si
haute idée de sa vertu et piété que tous l'ont
encore dans une vénération singulière » ;
mais, au bout de peu de mois, Dieu voulut
couronner ses mérites. Elle tomba malade le
jour de la Sainte-Trinité, et après de cruelles
souffrances, supportées avec la plus admirable patience, elle mourut en prédestinée, le
14 juin 1655. Son cœur fut rapporté à Caen,
et son corps, déposé d'abord dans l'église des
religieux Carmes de Saint-Sauveur-le-Vi-
comte, fut également réclamé par la même
maison de Caen qu'elle avait longtemps édi-
fiée. Le transfert en fut réalisé en 1687, après
d'assez longs retards apportés par la vénération dont elle était l'objet à Saint-Sauveur.
Elle repose aujourd'hui à Caen, à la droite
du chœur de l'église des Visitandines, et l'on
assure que de nombreuses grâces et guérisons
ont été obtenues par son intercession.

On m'a rapporté que les bonnes religieu-

ses de son ordre étaient autrefois fort jalouses
de l'excellence de ses mérites, et spécialement
ne voulaient pas admettre qu'il pût avoir existé
dans la famille de Pontbriand, un exemplaire
aussi parfait des mêmes vertus.

X. — FRANÇOIS du Breil de Rays, fils d'autre François, chevalier de l'ordre du Roi, et de
Claude d'Acigné, naquit en 1695, au château
du Guildo, pendant que son père y commandait pour la Ligue, fit, en 1612, ses preuves
pour être admis dans l'ordre de Malte et fut,
en qualité de chevalier dudit ordre, chargé de
conduire plusieurs vaisseaux au siège de la
Rochelle. — Il était en grand crédit auprès du
cardinal de Richelieu et de son oncle le com-
mandeur de la Porte, gouverneur du Hâvre-
de Grâce, mais sa carrière, dévouée au service
de son ordre et de la Religion, fut tranchée
prématurément et héroïquement, suivant ce
qu'on lit en ces termes, dans le Martyrologe
de l'ordre de Malte : « François du Breil, de
la langue d'Auvergne, fut tué dans un combat
de cinq galères chrétiennes contre dix turques-
ques, l'an 1628. » Il avait alors trente-trois ans.

XI. — CHARLES-GILLES, *aliàs* LOUIS-CHARLES du Breil de Pontbriand, fils de Guy-Dominique, seigneur de l'Hôtellerie, en Plévenon, et de Péronnelle de Trémereuc, né à Plévenon, vers 1650, entré de bonne heure dans l'état ecclésiastique, avait été promu le 17 avril 1683 (1), à la dignité de chanoine théologal de l'évêché de Saint-Malo, l'une des premières de ce diocèse.

On lit dans la vie de la *Comtesse de Pontbriand*, par le P. Chapotin : « Quand la jeune comtesse arriva au Pontbriand, il y avait un an à peine qu'un vénérable ecclésiastique, proche parent de son mari, y avait rendu le dernier soupir, achevant, par *une sainte mort*, *une vie vraiment sacerdotale;* c'était messire Louis-Charles du Breil, sieur de l'Hostellerie, docteur en théologie, chanoine de Saint-Malo, mort le 29 mai 1695 ; il avait été, le lendemain, inhumé au milieu de l'église de Pleurtuit, dans la sépulture des recteurs » (2).

C'est tout ce qu'on sait de lui.

1. *Pouillé historique de l'archevêché de Rennes*, p. 642.

2. *La Comtesse de Pontbriand*, p. 86.

XII. — JOSEPH-YVES du Breil, quatrième comte de Pontbriand, seigneur du Pin, Richebois, le Houile, Pontfilly, Beaufort et autres lieux, capitaine-général (colonel) des gardes-côtes de l'évêché de Saint-Malo, gouverneur de l'île et fort des Ebihens, inspecteur des milices gardes-côtes de Bretagne, fils de Louis, comte de Pontbriand et de Bonne ou Bonaventure de Névet, avait eu pour parrain et marraine, le 9 juillet 1670 (il était né le 7 septembre de l'année précédente), deux pauvres honteux de la paroisse de Pleurtuit, exemple d'humilité qui contrastait un peu avec les souvenirs de la génération précédente, lorsque son père avait eu l'honneur d'être tenu sur les fonts du baptême, à Saint Germain-en-Laye, par le Roi Louis XIII en personne, assisté de la maréchale de la Meilleraye, née Cossé-Brissac.

Ce jeune seigneur avait hérité des siens les traditions les plus chrétiennes et les plus vertueuses, qu'il unissait à toutes les qualités d'un gentilhomme accompli.

Brillant capitaine de cavalerie (au régiment de Villepion), lorsqu'il épousa, par contrat du

12 mai 1696, Marie-Angélique-Sylvie Marot de
la Garaye, destinée à briller par une éminente sainteté, mais qui débuta dans la vie
conjugale par quelques imperfections, bientôt regrettées et amendées ; — il concourut à
cette transformation par « la foi de l'époux
chrétien..... en voilant de bonté, de patience, de tact, une volonté inébranlable » (1),
qui changea en une vie toute exemplaire, celle
dont on avait pu craindre, dans le principe,
certaines frivolités. « C'était, dit le biographe de la sainte comtesse, avec la foi lumi-
neuse de l'un et de l'autre, l'idéal de la vie à
deux, réalisée sous le noble toit de Pontbriand. Le comte ne pouvait taire sa joie, son
admiration, sa tendresse. Témoin ravi d'une
transformation qui lui rendait enfin l'épouse
de ses chers rêves, émerveillé des progrès
qu'elle faisait chaque jour dans la piété,
il appelait souvent la comtesse *sa petite
sainte* » (2).

Cette piété était donc absolument commune à tous les deux, et elle s'étendait à tous
les détails de l'existence familiale, bientôt
même couronnée par les projets d'une perfec-

1. *La Comtesse de Pontbriand*, p. 79.

2. *Ibid.*, p. 88.

tion plus grande encore ; quand ce bonheur, auquel ne paraissait aucune ombre, fut anéanti par le coup de foudre qui enleva le comte Joseph-Yves inopinément, le 2 février 1710, le jour même où lui naissait un dixième enfant et où allait s'accomplir, en dehors de lui, cette pleine sanctification de l'épouse, que nous allons avoir tout à l'heure sous les yeux.

CHAPITRE III

XVIII⁰ siècle

XIII. — LA COMTESSE DE PONTBRIAND

Il faudrait reproduire presque intégralement le travail magistral par lequel l'éminent et regretté Père M.-D. Chapotin, après plusieurs autres hagiographes (1) s'est proposé de faire

1. Il faut citer principalement :

Abrégé de la vie de Madame la comtesse de Pontbriand, du tiers ordre de Saint-Dominique ; manuscrit de la Bibliothèque de Rennes, attribuée au P. Joseph Thiébault ou au P. Julien le Texier,

Abrégé de la vie de Madame la comtesse de Pontbriand, par Dom Trotier, religieux bénédictin, prieur de Saint-Jacut, manuscrit.

Autre biographie également manuscrite, par la mère du Müy, dite de Saint-Hélène, religieuse ursuline de Québec (Canada).

La pieuse veuve, abrégé de la vie de Madame de

revivre la mémoire de la comtesse de Pontbriand (1), sinon même, de provoquer son
exaltation sur les saints autels. Nous nous
contenterons, cependant, d'une sommaire
analyse de son travail :

Marie-Angélique-Sylvie Marot de la Garaye,
fille de Guillaume Marot, comte de la Garaye,
gouverneur des ville et château de Dinan,
et de Jeanne-Françoise de Marbeuf, était née
au château de la Garaye, le 30 novembre 1678,
et fut baptisée le même jour en l'église de
Taden, près Dinan. Elle perdit sa mère au
berceau, et son père à peine âgée de
quatorze ans, celui-ci digne d'une mention
très spéciale pour ses vertus et son incomparable charité, qui le rendaient dans son gouvernement de Dinan, l'objet de l'amour et de
la vénération de tous ; quant à sa piété, il
suffira de dire qu'on le trouva, après sa mort,
revêtu d'un cilice.

La jeune orpheline fut alors confiée aux

Pontbriand, par M. D. V. C. E (l'abbé Carron), Rennes, 1792, à la suite des *Epoux charitables.*

*Vie de Monsieur de la Garaye et de Madame de
Pontbriand, sa sœur,* par M. R. Cathenos. Saint-
Malo et Rennes, 1790.

1. *La Comtesse de Pontbriand.* Paris, 1896.

soins d'une parente, fille d'une sœur de sa
grand'mère paternelle, Mme de Poulpiquet
du Halgouët, qui eût toujours pour elle
les attentions les plus maternelles, mais
dont la maison quelque peu mondaine, quoique réglée très chrétiennement, offrait à
sa pupille des distractions plus ou moins frivoles et des occasions de succès précoces, dont
elle fut elle-même la première à s'effaroucher.
— Elle désira parfaire son éducation dans un
asile sérieux et recueilli ; or il n'en était pas
de plus indiqué pour une jeune fille de sa
condition que le monastère de la Visitation de
Rennes, où elle fut admise aux approches de
sa quinzième année, et où la recevaient trois
dignes religieuses, propres sœurs de son père.
Là, dit son biographe, « la maîtresse à qui elle
fut particulièrement confiée, ne se lassait pas
d'admirer son ardeur au travail, la vivacité et
la pénétration de son esprit, son bon jugement, ses progrès » (1). Là aussi se firent sentir
pour elle les premiers attraits de la grâce qui
semblaient la porter vers la vie religieuse,
tellement que, dans le secret de son cœur, elle
crut entendre la voix de Dieu, « et se lia dès
lors à son service par un vœu de chasteté per-

1. *La Comtesse de Pontbriand*, p. 48.

pétuelle. Engagement prématuré, vœu à coup
sûr imprudent, si tant est que l'on puisse
regarder comme une promesse irrévocable...
un tel engagement, pris sans le contrôle obligé
d'un directeur. Dieu, d'ailleurs, permettra que
le souvenir s'en efface de sa mémoire » (1).

Bientôt en effet les influences de sa famille et
de l'amitié la détournèrent de sa pieuse détermination, lui persuadant même qu'elle avait
été l'objet d'une sorte de captation, combinée,
dans des vues intéressées, entre son frère aîné
et les religieuses de sa communauté, ce qui fit
évanouir ses rêves de renoncement au monde.

Entraînée, chez des parents, à Paris, puis rentrée en Bretagne, et partout mêlée à la plus bril-
lante société, « elle conserve toujours la crainte du Seigneur, avec une modestie à l'abri de la
plus maligne critique » (2). C'est alors qu'au
milieu de nombreux prétendants, elle accueil-
lit les recherches du comte de Pontbriand,
auquel elle fut unie, suivant contrat du 10 mars
1697, à l'âge de dix-huit ans moins quelques
mois, ne paraissant pas avoir gardé le moindre souvenir des idées de vocation religieuse
qui l'avaient hantée précédemment.

1. *La Comtesse de Pontbriand*, p. 53.

2. *Les Epoux charitables*, p. 332.

On a déjà vu qu'aux premiers moments de cette union, parurent quelques imperfections de caractère dont triomphèrent bientôt la prudence, le tact et les procédés délicats de l'époux, si bien qu'à ces légers nuages, avaient succédé, au milieu des bénédictions incessantes de la maternité, la révolution morale la plus complète, et une existence idéale de bienfaisance et de vertus communes aux deux châtelains.

C'est alors que l'épreuve s'abattit soudaine et foudroyante par la catastrophe qui rendit veuve la comtesse de Pontbriand, le 2 février 1710. Ce fut immédiatement et de plein vol, l'entrée dans une existence toute nouvelle. Ce qui pouvait être déjà considéré comme parfait fit place au pur et complet héroïsme.

Toute à l'amour de Dieu, livrée à des élans sublimes vers son créateur, quoique toujours conservant une parfaite simplicité, telle nous la voyons dans les lettres très nombreuses écrites par elle à son directeur préféré, Dom Trotier, abbé de Saint-Jacut (1), maître vrai-

1. Toutes ne nous sont pas parvenues ; il semble cependant qu'elles avaient été conservées et classées au nombre de plus de quatre-vingts, à partir au moins de 1711. Il n'est pas impossible qu'on retrouve celles

ment digne d'elle : « Je me laissai persuader
dit ce saint homme, que Dieu avait permis
cela (cette correspondance), afin que les fidèles
fussent un jour édifiés des sentiments d'amour
et de foi que cette pieuse veuve avait pour
lui, ce qui serait peut-être demeuré dans l'ou-
bli, si elle n'eût été dans l'obligation de les
mettre elle-même par écrit, et enfin pour
faire connaître qu'il a soin de susciter de
temps en temps, dans son Eglise, quelques
âmes choisies qu'il honore de son amitié et
auxquelles il prend plaisir à se communiquer,
pour ainsi dire avec profusion, afin de se rendre plus aimable au reste des hommes. »

Si l'on a comparé Madame de Pontbriand à
sainte Thérèse, pour l'amour de Dieu dont
elle était consumée, c'est peut-être plus encore
de sainte Catherine de Sienne qu'il convien-
drait de la rapprocher, par les délices et les
douceurs de la contemplation céleste dont
elle était favorisée. Avec cela, toutefois, humilité incomparable, simplicité d'enfant, soumission à tous les conseils de direction qui
lui étaient donnés, même pour modérer son
zèle.

qui nous manquent, pour la grande édification des
personnes pieuses.

Cette modération, en effet, était souvent nécessaire à lui imposer, car si elle n'eût suivi que son attrait, on ne peut mesurer le point auquel l'eût entraînée son esprit de pénitence et de mortification. Elle ne cessait de regretter les bornes qui étaient mises à son ardeur pour les jeûnes, les macérations et tout ce qui pouvait crucifier sa chair. Après les nombreux traits qui nous en sont donnés par ses biographes, l'un d'eux poursuit : « Ce que nous pourrions ajouter égale ou surpasse même toutes les rigueurs des saints solitaires de la Thébaïde » (1).

A cette piété ardente, cet exercice de toutes les vertus, cette simplicité de la foi, cette ardeur à la pénitence, ce renoncement sous toutes les formes, en ce qui la concernait elle-même, se joignait la charité pratique, l'amour du prochain et surtout des pauvres, avec toutes ses délicatesses, souvent même ses excès, non seulement par la multiplication des aumônes, par celle des œuvres et des services dans lesquels elle le prodiguait. Elle n'avait pas attendu pour se dévouer ainsi, d'être touchée par la grâce que nous appellerions celle de sa *conversion*, si ce nom n'était à vrai

1. L'ABBÉ CARRON. *Epoux charitables*, p. 365.

dire impropre. Ses aumônes étaient immenses, et à peine modérées par le scrupule de ne pas entamer ce qui appartenait légitimement à ses enfants. Son temps était à la disposition de tous ceux qu'elle pouvait obliger par ses conseils ou autrement. On l'a vue, dans une heure ou moins de temps encore, obligée d'interrompre plusieurs fois son oraison, — ce qui lui était particulièrement sensible — pour entretenir les pauvres gens qui désiraient lui parler, et toujours le faisant de bonne grâce. A plus forte raison, elle quittait tout quand il s'agissait de secourir les malades, d'exhorter les mourants, qu'elle ensevelissait de ses mains, quand ils avaient rendu le dernier soupir. Dans ses domaines, pas de malheureux qu'elle ne fût assidue à visiter et à soulager. Il en était de même dans la ville de Dinan, qu'elle habitait à certaines époques, surtout au temps du carême et des avents. Elle y trouvait, en dehors des mêmes œuvres, d'autres consolations encore à porter dans les prisons et dans les hôpitaux.

Dès l'année même de son veuvage et de la transformation qui le suivit, dans l'hiver de 1710 à 1711, une terrible épidémie de petite vérole s'abattit sur les paroisses de Pleurtuit et autres environnantes ; dès lors elle ne quitta plus le chevet des malades, et la contagion l'atteignit elle-même (1), ce qui fut regardé dans toute la contrée, comme une calamité publique, et donna lieu, de toutes parts, à des supplications ardentes montant vers Dieu pour la *mère des pauvres*. Sa guérison fut obtenue contre toute espérance ; mais c'est à peine si elle-même ne fut pas attristée d'avoir à rentrer dans la misérable existence de la terre, et de rester séparée de son divin maître. Seule, la pensée de pouvoir continuer à se dévouer pour les autres lui était un adoucissement.

Dans un voyage qu'elle fit « pour honorer Marie, à Notre-Dame-des-Ardilliers de Saumur », un malheureux atteint de la fièvre pourprée s'étant trouvé sur son chemin, rien ne put l'empêcher de lui porter ses soins et ses consolations, pas même les remontrances de son aumônier qui l'accompagnait. « Empressée de visiter tous les hôpitaux qu'elle pouvait rencontrer... ses bonnes œuvres, dans chaque endroit édifièrent tout le monde ». Aussi, voici ce qu'écrivait une personne qui en avait été témoin à l'un de ses amis par la ville duquel notre voyageuse devait continuer sa route : « Je vous dirai, Monsieur, que nous

1. L'abbé Carron. *Epoux charitables*, p. 365.

4

venons de voir passer par ici une dame de
qualité qui paraît être un ange plus tôt qu'une
personne mortelle... Elle n'a pas plutôt été
descendue de son équipage, qu'elle est venue
visiter, servir et consoler efficacement nos
malades, mais d'un air si humble et cependant si majestueux et avec des paroles si tendres qu'elle nous charmait tous. Il nous a été
impossible de savoir qui elle est, et comme
elle paraît aller dans votre ville, tâchez de
savoir son nom et m'en faites part... car je la
regarde comme une sainte (1).

Cependant, les enfants de Madame de Pontbriand avançaient peu à peu en âge et ce fut
pour elle une véritable satisfaction de voir ses
deux filles aînées incliner vers la vie religieuse. Elle-même vînt pour les assister lors
de la solennité de leur prise d'habit au couvent de la Visitation de Rennes, avant qu'une
cadette les y rejoignit à trois ans de là. Le
22 décembre 1720, elle venait d'entrer, pour
ce pieux objet, au monastère dont elle avait
été l'hôte au temps de sa jeunesse, quand
la fête attendue fut changée en un deuil public

1. Lettre tirée des *Epoux charitables*, ainsi que les
citations qui précèdent.

par un événement tristement célèbre. Dans la
nuit du 22 au 23, le feu prit sur plusieurs points
de la ville, et cet embrasement consuma, en
quelques jours, la moitié des édifices de la
cité. « Je voyais tout le monde épouvanté et
en grande frayeur, écrivait la sainte comtesse
à son directeur; cependant, je n'en avais
aucune et j'étais tranquille. Il me semble que
je ne souhaitais alors rien que la volonté de
Dieu, et qu'il ne fût point offensé dans cet
incendie.

« Il a eu la bonté de conserver mes maisons
et celles de mes frères, quoiqu'elles fussent
en grand danger. Cela ne m'inquiétait nullement, me remettant en tout au bon plaisir de
Dieu. » (1).

Suivit à quelques temps de là, l'établissement de son fils aîné, tandis que les autres
entraient dans les ordres ou prenaient le parti
des armes. C'est alors que libre de plus en
plus du côté de sa famille, elle voulut s'associer à une pieuse confrérie de tertiaires de
l'ordre de Saint-Dominique, établie depuis
quelques années à Dinan, et dont les membres
édifiaient, par leurs vertus, la ville et la

1. *La Comtesse de Pontbriand*, pp. 234-235.

contrée toute entière. Sa profession eut lieu,
en cette qualité, le 31 mai 1726, et, à ses côtés
prenait place, dans les mêmes rangs, sa cousine Marie-Thérèse du Breil du Pin-Pontbriand, dont nous aurons bientôt à parler plus
amplement.

Dès cette même année, c'est-à-dire la fin de
1726, ayant pris soin de mettre ordre à ses
affaires temporelles, Madame de Pontbriand
se sentit plus que jamais dominée par le désir
d'une immolation et d'une séparation du
monde plus complètes encore qu'il ne lui avait
été donné de les réaliser jusque-là. Elle s'en
ouvrit, à plusieurs reprises, à son directeur.
Elle regrettait que sa santé trop ébranlée ne
lui permît pas de se vouer à la vie monastique
proprement dite, comme elle nous apprend
qu'elle en avait fait un essai, en se retirant
auprès de ses filles, à la Visitation, qui lui
avait toujours inspiré un grand attrait, mais
dont elle reconnaît qu'elle n'aurait pu suivre
la règle et remplir tous les devoirs. Elle réso-
lut alors, sans autre détermination plus spécialement arrêtée, de se confier en quelque
sorte à la Providence, comptant sur elle pour
lui faire connaître l'asile où elle pourrait vivre
ignorée, en s'occupant de rendre au prochain

quelques offices charitables, et de préférence les plus humbles.

Elle partit donc à la grâce de Dieu, accompagnée de sa digne parente, Mademoiselle du Pin, et se dirigea, par Rennes et par Angers, pour s'arrêter aux Hospitalières de Saumur, où nous avons vu que sa piété l'avait déjà conduite en pèlerinage, et qui lui parût le terme que lui désignait la volonté d'En Haut. Elle y arrivait sous un nom supposé (elle avait adopté celui de *Madame des Vallées*) ; mais sa vraie qualité y fut bientôt trahie, quoiqu'elle réussît à faire garder le secret aux quelques religieuses qui l'avaient pénétré. Elle eut, en revanche, la satisfaction d'être prise, un instant, par l'évêque d'Angers, pour une fausse pénitente, pratiquant l'austérité à la façon des Pharisiens. Elle avoue même à son directeur que cette humiliation, infligée publiquement, ne laissa pas de lui être quelque peu sensible, quoique répondant aux mépris qu'elle avait toujours recherchés.

Ce même évêque d'Angers ne tarda pas, cependant, à partager l'admiration que ressentait toute la ville de Saumur pour la prétendue Madame des Vallées, et cela au point de la solliciter de venir fonder dans sa ville épiscopale un hospice d'incurables réclamé par les habitants. Mais la santé de la comtesse, réellement très affaiblie, lui permit de décliner cette proposition, sans recourir à d'autres raisons, et de continuer, quelque temps encore, dans la solitude des Ardilliers, la vie qui lui était chère.

Il n'en fut pas de même, l'année suivante, lorsque de nouvelles sollicitations, pour un objet semblable, lui vinrent, cette fois de son pays natal, sollicitations qui lui furent transmises par sa parente, la comtesse de Talhouët-Kéravéon.

Il s'agissait d'aller établir, ou, à vrai dire, fonder à nouveau un établissement charitable, qui, jadis, avait existé dans la petite ville de Josselin, mais dont il ne restait plus guère que le souvenir. Le duc de Rohan, seigneur du comté de Porhoët, dont Josselin était le chef-lieu, s'intéressait vivement à cette œuvre, pour laquelle il avait déjà donné 10.000 livres (1). Les notables du lieu y ajoutèrent

1. Le second fils du duc de Rohan, qui devait lui succéder, venait, à ce moment même, d'épouser Yvonne-Sylvie du Breil de Rays, cousine du comte de Pontbriand, quoique d'une autre branche de sa famille.

certains avantages, confirmés bientôt par des
lettres-patentes du Roi. C'était un commencement ; mais restait à pourvoir à l'administration et à la direction. Ce fut l'objet de la
requête de Mme de Keravéon à sa cousine.

Il semble que ces avances aient été, dès le
premier moment, favorablement accueillies,
et que la sainte comtesse crût y reconnaître
le doigt de Dieu. S'en étant ouverte à Dom
Trotier, le conseil habituel de toute sa vie, il
fut loin de la détourner : Effectivement, lui
écrivait-elle à la suite des réponses qu'elle
en avait reçues : « Je crois que Dieu me
veut à Josselin, *ainsi que vous me le man-
dez*. Jugez-en, s'il vous plaît, par la circonstance qui m'est arrivée et que je vous
rapporterai. » Sur quoi, elle lui fait le récit
d'un appel extraordinaire, qui ne lui paraît
pas suspect : « Le jour de Saint-Augustin, le
Saint-Sacrement étant ici exposé..... Au sujet
de la proposition qu'on me faisait pour aller
à Josselin, et des doutes où j'étais si j'irais ou
si je n'irais pas, j'entendis qu'il me fut dit
cinq ou six fois distinctement : *Tu iras, ma
fille, tu iras.* Et, comme étonnée de ces paroles si souvent réitérées, et ayant quelque
crainte que cela me vint du démon, je reçus
aussitôt votre lettre ; l'ayant ouverte, je vis

que vous me mandiez d'y aller. Cela me rassura..... »

Sans retard, son acquiescement fut donné aux mandataires qui la sollicitaient, avec promesse qu'elle partirait au printemps, pour mettre la main à l'œuvre projetée, stipulant seulement cette double condition que lui avait suggérée le Père Trotier, à savoir que le Saint-Sacrement serait gardé constamment dans la chapelle du nouvel hôpital, et que la fondation aurait l'agrément de l'évêque de Saint-Malo. Sur l'acceptation qui suivit sans difficulté, il fallut songer à quitter Saumur, non sans larmes de ses compagnes, qu'elle avait longuement édifiées et auxquelles il n'était plus question de cacher sa qualité, pas plus que celle de Mademoiselle du Pin. Celle-ci cependant convenait que le sacrifice lui coutait énormément, quoiqu'elle n'hésitât pas un instant à s'y associer.

On partit donc pour la Bretagne, au mois de mai, mais sans vouloir rentrer au Pontbriand, qui, sans doute, parut être trop près du monde et du passé. Quelques instants furent donnés à la Visitation et aux trois filles qui s'y étaient consacrées à Dieu. Puis, on ne crut pas que la Garaye fût un lieu trop profane pour s'y retrouver, quelques semaines durant, entre les souvenirs d'enfance et la sainteté qui seule, aujourd'hui y régnait sans partage.

Mme de Pontbriand eut cependant à y soutenir un dernier combat qui fut très pénible à son cœur. Dès que sa présence y fut connue, elle ne put se soustraire à sa famille d'abord, et, bientôt, à ce que la ville de Dinan comptait de plus illustre dans les rangs de son clergé et ceux de la charité professionnelle. Ce furent des supplications, avec promesses sans nombre, pour la retenir au milieu des pauvres, ses compatriotes. Sans doute il lui en coûta de résister à ces instances, mais, en dehors de toute autre raison, il y avait parole donnée.

Sans plus s'attarder, on s'achemina vers Josselin, au milieu du mois de juin. Madame de Pontbriand y fut reçue avec un extraordinaire empressement, par Mme de Kéravéon et tous ceux qui, depuis bientôt un an, l'attendaient impatiemment.

Immédiatement, elle s'occupa des constructions, des réfections et aménagements nécessaires dans les bâtiments qui n'étaient plus guère que des masures croulantes, voulant que, pour la plus grande partie, et spéciale-

ment tout ce qui regardait son installation
personnelle, les travaux fussent exécutés à ses
uniques frais.

Dès le 5 juillet, la messe fut célébrée dans la
pauvre chapelle devenue convenable, et bientôt, les premiers malades purent être admis
dans des conditions suffisantes eu égard à leurs
besoins. Dès le premier moment, Madame de
Pontbriand fonda pour eux quatre lits à perpétuité, et un autre le fut par son frère, le comte
de la Garaye.

L'établissement était achevé, au moins pour
l'indispensable, les services installés; l'œuvre,
en un mot, paraissant fondée solidement,
l'heure de la récompense allait enfin sonner
pour celle qui, de plus en plus, n'aspirait qu'à
la réunion avec son Dieu.

« Elle avait bien des fois affronté les maladies contagieuses, dit l'auteur des *Epoux charitables*, mais ses mérites étaient comblés.
Une pauvre fille ayant été réduite à toute
extrémité, par une fièvre pourprée, Madame
de Pontbriand eût pour elle des soins inex-
primables... Elle fut attaquée du même mal, le
26 avril 1732... (1). Ce fut immédiatement une

1. *Epoux charitables*, pp. 396-395. — Le P. Chapotin
dit un peu différemment (p. 323): « La fièvre pourprée

explosion de douleur et de prières par lesquelles on aurait voulu, encore une fois, détourner les arrêts de la Providence.

Mais, le mal devenu bientôt sans espoir, la famille fut prévenue. M. et Mme de La Garaye se hâtèrent d'accourir, ainsi que le plus jeune fils de la mourante, Henri-Marie, le futur évêque de Québec. Ce fut entre leurs mains qu'elle rendit le dernier soupir, le 8 mai 1732, après avoir, le 5 du même mois, rédigé un testament, par lequel elle « veut rester, après sa mort, avec les pauvres auxquels elle a donné sa vie, et avec Dieu, qu'elle a aimé par dessus tout ; en conséquence, elle choisit pour le lieu de sa sépulture, la chapelle de l'hôtel-Dieu de Josselin, en exprimant la volonté formelle d'être inhumée sans aucune pompe funèbre. (1).

Le P. Chapotin ajoute : « ... Près d'un siècle après sa mort, la vénération pour celle que

à laquelle nous l'avons vue plusieurs fois disputer la vie des malheureux, s'abattit sur la ville et les campagnes voisines...

« Ce que redoutaient la prudence et l'affection de ses amis ne tarda pas à arriver ; le 27 avril, elle fut obligée de céder à la violence du mal qui l'envahit soudain. »

1. *La Comtesse de Pontbriand*, p. 323.

les archives de l'Hôtel-Dieu appellent « feu
de bienheureuse mémoire Madame la comtesse de Pontbriand », fit faire « une chose
extraordinaire... par un acte absolument
significatif... on ouvrit la tombe de la sainte
amie des pauvres » (1) (23 décembre 1829).

A la suite de cette exhumation, fut érigé
une sorte d'autel remplaçant le tombeau
primitif, avec une inscription qui se termine
ainsi :

« ..... *Elle mourut victime de sa charité, le
8 mai 1732, et fut enterrée dans cette chapelle
qu'elle avait réédifiée à ses frais.*

« *Le souvenir de ses bienfaits a fait ouvrir
sa tombe* » (2).

Et notre pieux biographe conclut ainsi son
œuvre :

« Mais pourquoi nous serait-il défendu d'en
nourrir la joyeuse espérance ? Pourquoi la
vie de Madame de Pontbriand, ses admirables
lettres, les diverses péripéties de son existence de grande dame, de pénitente et d'hos-
pitalière, tour à tour si piquantes et si émouvantes..... ne parviendraient-elles pas à lui
conquérir une place à côté de ces héros et de

1. *La Comtesse de Pontbriand*, pp. 337-338.

2. *Ibid.* p. 338.

ces saintes dont la louange se perpétue sur les lèvres de tous ?

« ..... Pourquoi la tombe de Madame de Pontbriand ne se couvrirait-elle pas de fleurs, là ou son admirable charité s'est le plus merveilleusement épanouie et exhala ses derniers et plus héroïques parfums ?

« Les témoins de sa vie et de sa mort n'ont pas hésité à venir y demander des miracles, et ils ont aimé à dire qu'ils avaient été exaucés : pourquoi une admiration et une foi semblables ne feraient-elles pas encore au Ciel, au nom de cette sainte âme, les mêmes violences et n'obtiendraient-elles pas, aujourjourd'hui, comme autrefois, les mêmes bienfaits ? » (1).

XIV. — MADEMOISELLE DU PIN.

MARIE-THÉRÈSE du Breil de Pontbriand, appelée *Mademoiselle du Pin*, ou *du Pin-Pontbriand*, fille aînée de Anne du Breil, vicomte de Pontbriand, seigneur du Pin, Monterfil, les Préaulx, la Sauvagère et la Brousse-Briantais, et de Marguerite Ferron (de la branche du Chesne-Ferron), était née au château de Mon-

1. *La Comtesse de Pontbriand*, p. 339.

terfil, le 22 octobre 1687, mais ne reçut les onctions de baptême que le 14 juin 1699.

Cousine-germaine (par alliance), et très tendrement aimée de la comtesse de Pontbriand, nous l'avons vue entrer avec celle-ci dans les rangs du tiers-ordre de Saint-Dominique, et le P. Chapotin dit à cette occasion :

« Madame de Pontbriand n'entrait pas seule dans les rangs du tiers-ordre dominicain. Depuis son veuvage, une parente du comte, Mademoiselle Marie-Thérèse du Pin-Pontbriand, fille d'Anne du Breil, vicomte de Pontbriand, seigneur du Pin, et de Marguerite Ferron, partagea toutes les œuvres de piété, de charité et de mortification de la comtesse, tantôt essayant de reproduire, dans sa propre vie, les vertus héroïques de cette vie si détachée de tout, tantôt la dépassant dans la carrière du crucifiement de la chair et de l'orgueil, au point d'exciter l'admiration et la pieuse envie de la sainte veuve.

« Le biographe dinannais (probablement le P. Thiébaut ou le P. le Texier) nous les montre, par exemple, à la veillée de Noël, agenouillées dans un coin de l'église et récitant alternativement mille *Ave Maria*, pour saluer celle dont les Chrétiens allaient célébrer le divin enfantement.

« Le cœur de ces deux femmes était uni par des liens trop délicats, une amitié trop sainte les enchaînait l'une à l'autre, pour que rien ne pût les séparer jamais : Vraiment sœurs par la même passion d'amour de Dieu et de dévouement aux membres souffrants de Jésus-Christ, elles le devinrent par leur profession de tertiaire, à un titre plus spécial, sinon plus saint, et nous les verrons désormais fidèles à cette union suivie jusque dans la mort » (1).

Ce fut, en effet, dès lors, une communauté, non seulement de bonnes œuvres, mais d'existence non interrompue, ou peu s'en faut. Mademoiselle du Pin n'hésita pas à suivre sa cousine dans sa retraite à Saumur et, de là, à Josselin, quoique, cette fois, avec un peu moins d'empressement, comme nous le fait connaître une lettre de Mme de Pontbriand à Dom Trotier (2); et, continue le P. Chapotin : « La mort de Madame de Pontbriand avait mis en possession de ses fonctions de directrice de l'Hôtel-Dieu de Josselin son émule en piété, en mortifications et en dévouement aux pauvres ; ou plutôt ces deux âmes admi-

1. *La Comtesse de Pontbriand*, pp. 244, 245.

2. *Ibid.*, p. 291.

rables étaient unies par des liens si étroits et si sacrés que la première, à peine sortie des ombres de la mortalité, se hâta d'attirer après elle, dans la lumière et dans la gloire, la fidèle compagne de ses travaux » (1).

L'acte d'inhumation de celle-ci se trouve relaté en ces termes, à quelques pages de distance, dans le même registre mortuaire qui avait reçu le premier :

« Demoiselle Marie-Thérèse du Breil de Pontbriand, âgée d'environ quarante-cinq ans, est décédée à l'Hôtel-Dieu de cette ville, dont elle était directrice et bienfaitrice.

« Elle a été inhumée en la chapelle dudit Hôtel-Dieu, en cette paroisse, le vingt-quatre novembre 1732, en présence de Messieurs les juges, savoir : Sénéchal et procureur fiscal, Villaubrye Nayt, ancien économe, de Couesson-Rougeard, économe actuel, et plusieurs autres » (2).

1. *La Comtesse de Pontbriand*, p. 329.

2. *Ibid.*, p. 328.

XV. — MESDAMES DE PONTBRIAND
(DE LA VISITATION).

Les trois filles de l'admirable comtesse de Pontbriand et du comte Joseph-Yves, firent profession, comme nous l'avons déjà dit, au monastère de la Visitation de Rennes, savoir : les deux aînées au mois de janvier 1720, au moment même de l'effroyable incendie qui dévora alors la moitié de la capitale bretonne, et la plus jeune, trois années plus tard. C'étaient :

BONAVENTURE-ANGÉLIQUE-LOUISE du Breil de Pontbriand, née au château de Pontbriand, le 24 juin 1700, baptisée en l'église de Pleurtuit, le 19 septembre suivant, décédée à Rennes, paroisse Saint-Etienne, le 24 février 1790, (son acte de décès la nomme *Bonne-Félicité*).

MARIE-ANGÉLIQUE-SYLVIE-LOUISE du Breil de Pontbriand, ondoyée et probablement née au Pontbriand, le 28 novembre 1702 (cérémonies du baptême suppléées, en l'église de Pleurtuit, le 2 octobre 1721, avec deux pauvres honteux de la paroisse pour parrain et marraine);

décédée à Rennes, le 25 octobre 1774, et inhumée le lendemain.

FRANÇOISE-CORENTINE du Breil de Pontbriand,
née le 24 octobre 1706, au château de Pontbriand, baptisée à Pleurtuit, le 22 janvier 1707,
qui fut la dernière survivante des trois sœurs
et vécut jusqu'en 1802, pour mourir à plus de
quatre-vingt-quinze ans, à Rennes, paroisse
Saint-Etienne, après avoir été expulsée de son
monastère, à l'époque de la Révolution.

Il ne nous semble pas qu'il y ait lieu de
séparer, dans cette notice, ces trois saintes
religieuses, pas plus qu'elles ne le furent,
au cours de leur existence. — Nous les trouvons surtout unies dans la pieuse et intime
correspondance qu'elles entretinrent toujours avec leur frère, l'évêque de Québec,
ainsi qu'avec leurs oncle et tante les célèbres
Epoux charitables, le comte et la comtesse de
la Garaye.

Ce sont les lettres de ceux-ci que nous a
conservées en grande partie le digne abbé
Carron dans son édifiante biographie, et dont
nous reproduisons les fragments ci-dessous,
d'après le pieux auteur, avec le regret qu'il ne
nous en ait pas donné la contre-partie, c'est-

à-dire les réponses, dont on peut, cependant, juger assez facilement, au moins l'esprit.

Voici d'abord ce qu'écrivait Madame de la Garaye, après la mort de sa belle-sœur, Mme de Pontbriand ; en observant avec l'abbé Carron, que plusieurs lettres de la même n'ont pas été rapportées, « parce que mesdames ses nièces, qui assurent qu'elle leur en écrivait d'aussi tendres et d'aussi affectueuses que son mari, en ont très peu conservé d'elle » (1) :

« Que pouvons-nous, mes très chères nièces, leur marquait-elle, dans la douleur commune que nous ressentons tous si sensiblement, qu'adorer les décrets de Dieu et nous soumettre à sa sainte volonté. Vous avez appris que Madame votre mère a reçu tous les sacrements avec toute la connaissance et la piété possibles, n'ayant aucune crainte de la mort, et écoutant avec une attention admirable, quand on lui parlait de Dieu. Elle était dans l'exercice constant de la charité... Votre foi et la Religion vous feront trouver des motifs de consolation au-delà de ce que je puis vous dire, etc. » (2).

Et plus tard :

1. *Les Epoux charitables*, p. 217.

2. *Ibid.*, pp. 210, 211.

« Je me satisfais, écrivait, un jour, la comtesse (de la Garaye), aux dames de Pontbriand, je me satisfais..., mes chères nièces,
par le plaisir... de vous assurer de mes plus
heureux souhaits pour la nouvelle année
(1751), que je conforme à vos désirs, en m'as-
sociant à vous, pour demander à Dieu qu'une
ferveur, toujours animée de la plus vive foi,
accompagne tout ce que vous faites. Demandez pour moi que je puisse profiter des jours
qu'il plaît à Dieu de me laisser sur la terre,
pour fléchir ses miséricordes. Que son saint
amour soit plus que jamais dans nos
cœurs. »(1).

« Vous nous faites, écrivait aux mêmes à
différentes fois, le comte de la Garaye, vous
nous faites toujours, mes chères nièces, un
sensible plaisir de nous donner de vos nouvelles, dans vos moments perdus ; vos lettres
sont les marques que vous donnez à Dieu de
votre amour. Continuez et persévérez dans
les pensées de votre noviciat. Vous recevrez
la couronne, etc. »

Puis, *à l'une de ces trois dames :*

« Mes très chères nièces, j'apprends par la
vôtre, avec une joie extrême, que vous goû-

---

1. *Epoux Charitables*, pp. 210, 211.

tez avez *plaisir* combien le joug du Seigneur est doux. Vous le connaîtrez encore mieux. Plus on l'aime, plus on le trouve aimable. Il donne une satisfaction que le monde ignore et ne peut donner ; Evitez le *parloir*, et vous recueillez avec ce bon maître, auquel vous voulez vous donner entièrement. Vous trouverez un plaisir qui est le charme de la solitude. J'espère que la divine bonté répandra, de plus en plus, son onction dans votre cœur, et qu'elle vous donnera le courage qui vous est nécessaire dans votre noviciat. J'ai toujours été persuadé que les peines qui s'y trouvent ne pouvaient ébranler une vocation qui vous vient de Dieu. Je suis charmé d'apprendre que Mademoiselle Angélique soit fervente. Priez, toutes les deux, notre bon Maître pour moi. Nous le prions, et le ferons prier pour vous. »

« Ma très chère nièce, j'ai reçu la lettre à laquelle je n'ai pas pu répondre plus tôt. Je suis charmé de voir la continuation de votre ferveur ; mais que vous dirai-je sur la grandeur de Dieu, dans laquelle on se perd. Les cieux, la terre et toutes ses œuvres annoncent son immensité. L'univers et tout ce qu'il contient est le grand livre des anachorètes et de ceux qui, comme vous, mes chères nièces, sont dans la solitude. Il le doit être de tout le monde. C'est un abîme de réflexions ; à l'égard de la Providence, il ne tombe pas un cheveu de la tête sans l'ordre de Dieu. Il ferme les cieux ; il envoie des maladies aux hommes quand il veut ; c'est ce qu'il dit à Salomon. Ainsi c'est une grande consolation d'être persuadés de cette vérité, que tout ce qui nous arrive est par l'ordre de Dieu et pour notre sanctification. L'amour de Dieu nous presse, ma chère nièce, vous savez que l'amour se paie par l'amour, et que Dieu nous aime comme nous l'aimons. Ainsi nous devons nous y exciter. Il nous apprend que celui qui aime Dieu garde ses commandements. C'est à quoi nous devons porter notre attention, etc. »

« Ma très chère sœur, le bon Dieu vous a comblée de ses grâces, le jour de votre profession, et vous en a donné même de sensibles.....

« Vous faites chanter ses louanges, comme les enfants dans la fournaise ; Dieu en soit béni ! Vous me faites beaucoup de plaisir de me mander que vous penserez aux avis que vous voulûtes bien me permettre de vous donner, et que vous les mettrez en usage en temps et lieu. Ils sont assurément de grande consé-

quence ; ils ne viennent pas de moi... Je prie
le Seigneur qu'il continue de se servir de vous
pour inspirer son saint amour. Demandez-le
bien pour moi, je vous en prie, et m'aidez de
vos conseils. Le Saint-Esprit vous en inspi-
rera, et je tâcherai d'en profiter... »

Aux trois sœurs :

« Mes très chères nièces, je vous remercie
et vous suis très obligé des bons et heureux
souhaits que vous me faites. Ils sont solides
et tendent à me procurer un bien éternel. Je
suis persuadé que l'amitié que vous avez pour
moi vous engage à prier Dieu pour moi, et
j'espère que, par vos bonnes prières, et celles
de ma chère sœur (Madame la comtesse de
Pontbriand), que je crois au Ciel, que le Seigneur aura pitié de moi. Je le prie de tout
mon cœur, d'augmenter son saint amour dans
vos cœurs, afin que, laissant le monde en
arrière, vous ne songiez, mes chères nièces,
qu'à lui plaire et à profiter de la grâce qu'il
vous a faite de nous faire connaître que tout est
vanité des vanités, hors aimer Dieu et le bien
servir. Dieu vous en fasse la grâce, mes
chères nièces, et à moi aussi, etc. » (1).

1. *Les Epoux charitables,* pp. 210-217.

Ces dernières lignes enfin, de Madame de la Garaye, du 22 janvier 1757, quelques semaines avant sa mort :

« Je suis persuadé que vous ne m'oubliez pas dans vos prières, par un retour que je veux toujours mériter par la plus tendre amitié qui durera autant que mes *tristes* jours, qui vont à grands pas à leur fin. J'ai toujours grand besoin des grâces de Dieu pour m'y bien préparer..... » (1).

La seconde des trois sœurs fut longtemps prieure de son monastère, et mourut dans l'exercice de cette charge ; les deux autres atteignirent une extrême vieillesse, l'aînée étant décédée à près de quatre-vingt-dix ans, et la dernière, comme nous l'avons dit, à plus de quatre-vingt-quinze, après que la Révolution l'eût expulsée de son monastère, sans autre attentat, cependant, à ses derniers jours.

XVI. — L'ABBÉ DE LANVAUX

GUILLAUME-MARIE du Breil de Pontbriand, né à Dinan, le 21 janvier 1698, docteur en théo-

---

1. *Les Epoux charitables*, p. 298.

logie de l'université de Toulouse, chanoine, grand chantre de l'église cathédrale, et vicaire général de l'évêque de Rennes en 1732, puis abbé commandataire de Lanvaux en 1735, fut l'aîné de trois prêtres éminents, fils de notre sainte comtesse de Pontbriand. — Son éducation fut dirigée par celle-ci avec tous les soins qu'on pouvait attendre d'une telle mère. Commencée au collège de Rennes; elle se poursuivit à Paris, au collège d'Harcourt, sous la direction d'un précepteur éclairé, et, très jeune encore, il remporta le prix de l'églantine d'argent, aux jeux floraux de Toulouse de 1722, en même temps qu'il composait (sans peut-être l'avoir prononcé), un *Sermon pour le sacre du Roi*. (Paris, 1722). (1).

Plus tard, il donna encore les deux ouvrages suivants, témoignant de ses études en des genres variés :

Nouvelles vues sur le système de l'Univers, Paris, 1751, in-8°.

Essai de grammaire française. Paris, 1754, in-8'.

Mais l'occupation principale de toute sa vie

---

1. « Il était orateur, grammairien, poète même », dit, de lui, le P. Delaporte *(Les Petits Ramoneurs.* Paris, 1900, p. 25).

consista en d'immenses recherches auxquelles il se livra sur l'Histoire des Etats de Bretagne, après avoir été délégué par le chapitre de Rennes, aux Etats tenus à Saint-Brieuc en 1730, et chargé par ceux-ci de classer tous les documents conservés, tant au Greffe qu'aux Archives desdits Etats.

De ses travaux résultèrent :

1° (De concert avec M. de Guichen), 2 vol. in-8°, présentés aux Etats de 1734, comprenant l'un l'*Inventaire du Greffe*, l'autre *celui des Archives*.

2° *Nouvel inventaire, abrégé méthodique des précédents*. 1 vol. in-f°.

3° *Extrait des délibérations des Etats de Bretagne de 1567 à 1732*. 2 vol. in-f°.

4° *Table des précédents ouvrages*. 1 vol. in-f°.

5° *Extrait des délibérations des Etats de Bretagne de 1731 à 1754*. 2 vol. in-f°.

6° *De l'assistance du Tiers aux Etats de Bretagne*.

La conclusion de ces recherches incessantes devait être un ouvrage considérable, dont il présenta, aux Etats de 1754, en même temps que ses derniers extraits, le plan et quelques chapitres (Rennes, Vatar, 1754, in-f°). Mais cet ouvrage est resté, paraît-il, incomplet, quoique tous les matériaux en existent à la Bibliothèque de Rennes. Nous ne saurions trop engager quelque curieux de notre histoire nationale, surtout parmi les membres de notre famille, à en extraire au moins le plus essentiel, et à en donner la substance, à défaut de la totalité, persuadé que l'œuvre serait d'un fort grand intérêt.

L'abbé de Lanvaux est, d'ailleurs, noté, dans toutes les tenues des Etats de Bretagne, comme l'un des membres les plus influents, les plus considérés de ces assemblées, et dont les avis étaient le plus écoutés. Un dernier et éclatant témoignage lui en fut donné, lorsqu'il mourut à Rennes, le 6 avril 1767. Les Etats y étaient alors assemblés, et voulurent assister en corps à ses funérailles et à son inhumation, qui eut lieu solennellement dans les caveaux de l'église cathédrale de Saint-Pierre.

Quoique sa vie ait été spécialement une vie de science et de travail, elle ne fut pas moins marquée aussi par les bonnes œuvres de tout genre, auxquelles il ne cessa de la consacrer, à l'exemple de tous les siens; « esprit distingué, autant qu'âme élevée et charitable, dit de lui le P. Chapotin, qui fit des revenus de son abbaye de Lanvaux le patrimoine des pauvres » (1).

XVII. — L'ABBÉ DES SAVOYARDS

RENÉ-FRANÇOIS du Breil de Pontbriand, né au Pontbriand, et baptisé à Pleurtuit le 22 mai 1705, était le cinquième et avant-dernier fils du comte Joseph-Yves et de sa vertueuse épouse.

Après avoir été élevé au collège de la Flèche (2), il paraît avoir suivi un moment la carrière des armes, et c'est à lui que semble devoir être appliquée cette note des archives du ministère de la Guerre : « Pontbriand, le cadet, lieutenant le 3 mai 1728, cy-devant enseigne; bon sujet et riche » ; mais il entra bientôt dans l'état ecclésiastique, et s'y prépara par les études nécessaires, au séminaire de Saint-Sulpice, après quoi, dès l'année 1732,

1. *La Comtesse de Pontbriand*, p. 96.

2. D'après le manuscrit de Dom Trotier sur la vie de la comtesse de Pontbriand.

il se consacra tout spécialement, avec un zèle
absolu, à l'œuvre dite *des Petits Savoyards*,
qu'il trouvait encore dans l'enfance, et dont
il fut le véritable fondateur, s'appliquant à
donner un caractère permanent et régulier à
ce qui avait été fait avant lui, de façon plus
ou moins intermittente, pour cette colonie
intéressante de pauvres enfants nomades.
Bientôt même sa charité embrassa l'assistance et l'instruction, non seulement des
Savoyards, mais de tous les ouvriers de Paris.
« Le bon pasteur, dit l'auteur d'une monographie récente, alla chercher ses brebis dissémi-
nées sur les différents points de la grande
ville. Pour les atteindre, pour étudier les
mœurs, les habitudes, les besoins d'un troupeau si mobile, il transporta successivement
son domicile dans tous les quartiers de Paris ;
ainsi, connut-il, au bout de quelques années,
toutes les stations où les ouvriers des diverses provinces et des diverses professions se
réunissaient le jour, et les habitations où ils
se retiraient le soir. Le résultat de ses recherches fut consigné dans un travail divisé en
cinq parties, et cette statistique est un chef-
d'œuvre de patience et de sagacité. »

Peu à peu il établit des catéchismes et des

écoles de charité fréquentées par plusieurs
milliers d'ouvriers nomades, auxquels il distribuait avec l'instruction religieuse, voire les
principes de l'enseignement élémentaire, d'a-
bondantes aumônes et des secours de tous
genres, s'occupant avant tout, de ménager aux
jeunes enfants de son troupeau, une bonne
préparation à leur première communion, préparation qui, souvent avant lui, avait été fort
négligée. Les adultes, non plus, n'étaient pas
oubliés, soit qu'il s'agît de les conquérir à Dieu,
ou de les entretenir dans leur foi et la pratique
du bien. C'est ainsi qu'une centaine de vieux
ouvriers furent confirmés avec 300 enfants en
1737, deux ans plus tard, on en compta 800
pour une semblable solennité. Les retraites
périodiques n'avaient pas moins de succès;
elles réunissaient près de 1600 ouvriers en 1736,
plus de 2000 l'année suivante, et plus de 3000
en 1739. Un des plus puissants encouragements
à l'œuvre de l'apôtre lui vint du chef même
de l'Eglise, le pape Clément XII, qui accorda
à ses sollicitations une indulgence plénière
que pouvaient gagner ses jeunes clients, faveur
qui fit l'objet d'un indult du 19 décembre
1736, promulgué par Mgr de Vintimille du Luc,
archevêque de Paris, le 14 avril 1737.

Malgré l'immensité des besoins, les ressources de tout genre ne firent pas défaut au fondateur. Il trouva dans le clergé de Paris, nombre d'écclésiastiques disposés à le seconder, notamment le curé de Saint-Benoît, M. de Vallière, et la pieuse reine Marie Leczinska fut au premier rang de ceux qui lui vinrent en aide pécuniairement, ainsi que son fils le grand dauphin, comme le rapporte d'une manière touchante, le digne abbé Proyart, dans l'étude qu'il a consacrée à cette sainte *aumônière de France* qui, dans ses visites aux églises et aux couvents, dit le P. Delaporte (p. 42), était toujours accompagnée d'une escorte de pauvres, escorte que les gardes avaient ordre de laisser approcher, et qu'on appelait communément le *Régiment de la Reine*. Les Savoyards devinrent une compagnie de ce régiment... » (1). La Reine, au dire du même abbé Proyart, « contribuait avec une libéralité vraiment royale à l'instruction des enfants pauvres... secondée par le zèle intelligent de l'abbé de Pontbriand » (2).

Il n'est pas cependant de si bonne œuvre

1. *Les petits Ramoneurs*, p. 42.
2. *Vie de Marie Leckzinska*, p. 274.

qui ne doive éprouver quelques traverses,
c'est ainsi que l'apôtre des Savoyards nous
apprend qu'à un certain moment, des jalousies
s'élevèrent entre ses premiers enfants d'adop-
tion et ceux qui se trouvèrent leur être adjoints
de différentes provinces françaises, Normands
et Auvergnats surtout ; il en résulta de quasi
batailles, livrées presque sous la porte des
églises. L'éloquence, la persuasion des caté-
chistes n'eurent pas raison sans peine de cette
turbulence ; enfin, « tout fut tranquille », écrit
M. de Pontbriand, en 1737, et nous eûmes le
plaisir de voir une union parfaite règner
entre des enfants qui, jusqu'alors, avaient les
uns contre les autres une antipathie des plus
fortes. »

Diverses notices que l'abbé de Pontbriand
publia lui-même de 1735 à 1743 nous indiquent
l'extension qu'il donna successivement à son
œuvre dans ce court espace de temps, ce
sont :

1° *Projet d'un établissement déjà commencé
pour élever dans la piété les Savoyards qui
sont à Paris.* Paris, Coignard, 1735.

2° *Progrès du Projet....* 1737.

3° *Suite du progrès de l'établissement pour*

l'instruction de tous les enfants et de tous les ouvriers des rues de Paris. 1739.

4° *Perfection de l'établissement.*

5° Une cinquième partie enfin, qu'on ne trouve pas à la Bibliothèque Nationale (1), mais qui est entre nos mains à l'état manuscrit, sous ce titre : *Règles que Messieurs les ecclésiastiques qui font le catéchisme aux Savoyards auront la bonté d'observer.*

Notre saint abbé, devenu abbé commandataire de Saint-Marien d'Auxerre, ordre des Prémontrés, en 1746, continua son pieux apostolat jusqu'à sa mort, arrivée, en 1771 (2), à Paris, dans l'établissement des Missions Etrangères, de la rue du Bac, où il s'était retiré, après avoir légué à la congrégation de Saint-Lazare, sa bibliothèque et tous ses biens mobiliers, suivant testament de 21 septembre 1763. Il laissait, dit un de ses biographes, Antoine Ducros de Sixt, « son œuvre en pleine voie de

1. Nous ignorons si cette cinquième partie a été imprimée, mais l'administration de la Bibliothèque Nationale nous a demandé de lui en laisser prendre copie, copie qu'elle possède actuellement.

2. Cette date n'a pas toujours été exactement rapportée, mais elle ne peut faire aucun doute, d'après celle qu'on retrouve de la nomination de son successeur à l'abbaye de Saint-Marien d'Auxerre.

prospérité, emportant au tombeau le nom de ce pauvre peuple, auquel il s'était attaché si étroitement et avec lequel il s'était comme identifié. »

Cette œuvre a été très exactement décrite, et sa charité mise en lumière par un auteur contemporain, Piganiol de la Force (1), le Maxime du Camp de l'époque, qui, cependant, trouve moyen de passer sous silence le nom de notre abbé et ne le désigne pas autrement que par ce simple mot : « *un ecclésiastique* », dont on reconnaît seulement la personnalité aux emprunts qui sont faits à ses écrits, copiés presque textuellement.

Une notice plus explicite, sans parler de celle un peu trop pompeusement oratoire de M. Ducros de Sixt (1845), a été donnée de notre temps, par le R. P. Delaporte S. J., mais on l'accuse de ne pas être sans quelques erreurs ou confusions de détails, peu importantes du reste.

Celle qui nous semblerait en être complètement exempte, mais qui, malheureusement, est restée jusqu'ici inédite, est due au savant

---

1. *Description historique et géographique de Paris.* Paris, 1751-1753. (V. spécialement l'édition de 1742.)

abbé Charles Trillon de la Bigottière, du clergé de la Trinité de Paris, qui a bien voulu nous en communiquer le manuscrit. Après des préliminaires, non sans intérêt, mais formant quelque peu hors d'œuvre au point de vue biographique, l'auteur fait ressortir, que nul, mieux que l'abbé de Pontbriand, n'a été le continuateur de saint Vincent-de-Paul, et qu'il doit être considéré comme l'initiateur de tout ce que la charité a réalisé, dans les siècles derniers, montrant que toutes les règles posées par lui, jusques dans leurs moindres détails, ont été suivies par des hommes d'œuvres contemporains ; qu'en réalité il n'avait rien oublié, et que rien, pour ainsi dire, n'a été innové par ses successeurs jusqu'à nos jours.

Pour achever ce qui concerne ce bienfaiteur insigne des classes les plus déshéritées, on ne doit pas omettre de mentionner encore quelques ouvrages que lui inspira sa très vive piété, savoir :

1º *Pèlerinage du Calvaire sur le Mont-Valérien*. Paris, Coigrard 1745, in-12, ouvrage dédié à la Reine, dont les nombreuses éditions en 1751, 1755, 1758, 1763, 1789, 1816, attestant l'action considérable et prolongée.

2º *L'Incrédule détrompé, et le Chrétien af-*

fermi dans la foi. Ibid., in-8°, 1752, ave
dédicace au Dauphin, important ouvrag
d'apologétique, écrit d'un style pur et simple
qui eut un grand succès de son temps et rap
pelle celui qu'a publié, du nôtre, M. August
Nicolas.

XVIII. — L'ÉVÊQUE DE QUÉBEC

HENRI-MARIE du Breil de Pontbriand, était l
plus jeune des enfants, — au moins de ceux qu
vécurent, — du comte Joseph-Yves et de l
sainte comtesse de Pontbriand. On croit qu'i
naquit au Pontbriand, au mois de janvier 170℅
cependant son biographe canadien, Mgr Heni
Têtu, a écrit, sans doute erronément, qu'i
« était né à Vannes en Bretagne », ce don
nous avons tout lieu de douter, d'après no
recherches personnelles.

Elevé au collège de la Flèche, il fit se
preuves en 1725 pour être admis dans l'oi
dre de Malte, mais sa vocation se décid
bientôt pour l'état ecclésiastique, et, après de
études appropriées, au séminaire de Sain
Sulpice, études qui lui firent conquérir bri.
lamment ses grades en Sorbonne, il fu

ordonné prêtre au mois de février 1731 (1), et commença à remplir ses premières fonctions sacerdotales dans l'hôpital familial du château de la Garaye ; mais l'évêque de Saint-Malo, Mgr des Maretz, l'appela bientôt à l'assister comme grand vicaire (18 septembre 1736), et lui confia la mission de réformer divers abus qui s'étaient introduits dans son diocèse.

C'est dans cette situation qu'il fut désigné au cardinal Fleury pour la dignité épiscopale. Mais à tous les évêchés de France, il préféra celui de Québec, au Canada, auquel il fut nommé sur la fin de 1740, à l'âge de trente-deux ans. Ses bulles furent signées le 6 mars 1741 ; son sacre eut lieu le 7 avril suivant, puis, après s'être embarqué au commencement de juillet, à Bordeaux, il prit terre à Québec le 29 août, et fit, le lendemain, son entrée solennelle dans sa ville épiscopale.

Son premier soin dans l'immense territoire soumis à sa juridiction spirituelle, et qui, depuis plus de quarante ans, n'avait pour ainsi dire pas connu l'administration effective des pre-

---

1. Quoique Mgr Têtu assure qu'il n'était encore que *diacre* quand il assista sa sainte mère à son lit de mort, le 8 mai 1732.

miers pasteurs, fut de procéder à la visite de
paroisses tant urbaines que rurales, et à cell
des principales communautés de son diocèse
visite qui lui démontra, tout d'abord, l'insu
fisance et l'état de ruine imminente de s
cathédrale, Saint-Charles de Québec. San
tarder il en entreprit la restauration, ou plu
tôt la reconstruction, œuvre considérable
qui fut achevée cependant en trois années
peine, de 1745 (1) à 1749, grâce au concour
zélé de ses diocésains et à l'appoint très impor
tant de ses ressources personnelles.

Un des premiers objets de sa sollicitud
fut aussi de procéder à l'établissement dura
ble des retraites et des conférences ecclé
siastiques, admirable institution qu'il avai
toujours eue à cœur. « C'est dans les con
férences ecclésiastiques, dit Mgr Têtu, qu'i
savait inspirer à ses prêtres le goût des étu
des sérieuses, et qu'il savait les remplir d'un
partie de cette science théologique qu'i
possédait à fond. Les séminaristes avaien
souvent la bonne fortune de recevoir eux
mêmes ses leçons ; il mettait son plaisir à dis
puter et à conférer avec eux, à les instruire e

1. Elle avait été commencée dès 1744, mais du
être interrompue la même année, par suite des mena
ces de guerre.

à les former de sa main. Lui-même, au milieu de ses occcupations multiples, avait soin de se ménager régulièrement quatre à cinq heures par jour pour l'étude, tant il était persuadé que les lèvres de l'évêque, plus encore que celles du prêtre, doivent être les dépositaires de la science.

« Pour les retraites ecclésiastiques, le clergé se réunissait au séminaire de Québec et c'était le prélat lui-même qui en payait les frais...»(1).

Sur les conseils de M. de Maurepas (2), et, après avoir reconnu la justesse de ses observations, il rendit un signalé service aux intérêts temporels de la colonie, en restreignant le nombre des fêtes chômées en dehors du dimanche, — trente-cinq étaient dans ce cas, pour un pays dont le climat commandait trop souvent des interruptions de travail. — Il abolit donc sagement, par son mandement du 24 novembre 1741, dix-neuf de ces fêtes, et en renvoya la célébration au dimanche, prenant soin qu'aucune atteinte, ne fût portée, par cet adoucissement de leurs obligations cultuelles, à l'esprit de foi des

1. Mgr Têtu, *Les Evêques de Québec*, pp. 238, 239.

2. Ministre de la marine, auquel ressortissaient toutes les affaires Canadiennes.

Canadiens. « Cette mesure épiscopale, dit Mgr Têtu, était, du reste, pleinement justifiée par la misère qui régnait dans tout le pays, par suite des mauvaises récoltes de plusieurs années consécutives. » (1).

Mais, avant toutes choses, le ministère de l'êvêque visait à la sanctification de son troupeau et à des conquêtes nouvelles, surtout parmi les populations idolâtres qui en faisaient partie. Il le montra particulièrement lors de la célébration du jubilé dit de Clément XIV, qui fut peut-être le point culminant de son apostolat, et qui s'ouvrit pour le Canada au mois de janvier 1751.

Après s'être prodigué dans sa ville épiscopale, surtout dans les communautés religieuses, par des exercices qu'il donnait lui-même et des prédications incessantes, sans aucun égard pour les fatigues qu'elles lui occasionnaient, il partit pour Montréal et les districts voisins, où il voulut renouveler les mêmes travaux, pour porter ensuite la bonne parole jusqu'aux missions sauvages, surtout celle de la *Présentation*, ou lac des *Deux Montagnes*, dont l'éminent directeur, le Père Piquet, prêtre de Saint-Sulpice, poursuivait, depuis des années, un

1. *Les Evêques de Québec*, pp. 236, 237.

apostolat fructueux, d'après l'impulsion de son évêque, lequel ne cessait de le recommander à la bienveillance de la Mère-patrie, et préparait, par son intermédiaire, non seulement des recrues à la Religion, mais des alliés fidèles et dévoués à l'Etat français. Le pontife, dans cette occasion, baptisa de ses mains plusieurs centaines d'infidèles, et leur administra tous les autres sacrements de l'Eglise, éprouvant dans ces courses les plus grandes difficultés, et toutes les privations dont aucune ne le fit reculer. Il revenait par la ville de Trois-Rivières, quand il y trouva la désolation par suite d'un double incendie qui venait d'y consumer le monastère, à la fois hôpital, des religieuses Ursulines.

L'année suivante, il revint aider cette pauvre maison à se relever de ses ruines ; mais à peine y avait-il réussi par des sacrifices et des labeurs incessants, « qu'un nouveau désastre, arrivé cette fois dans sa ville épiscopale, sollicitait de nouveau la charité et le dévouement vraiment héroïques de l'évêque » (1). L'Hôtel-Dieu de Québec venait d'être détruit à son tour par un second incendie survenu le 7 juin 1755, et, pour comble de malheur, une religieuse hospi-

1. *Les Evêques de Québec*, pp. 242, 243.

talière y avait perdu la vie. Il était, à ce moment,
à Montréal, et profita du mouvement de sympathie qu'avait excité l'événement pour faire
une première collecte parmi les habitants de
cette ville. Immédiatement, du reste, il proposa
d'abandonner aux malheureuses hospitalières
et à leurs malades son palais épiscopal en entier,
avec ses dépendances et ses ameublements, ter-
minant ainsi ce qu'il leur écrivait : « Enfin, je
livre toute ma maison pour cette bonne œuvre,
et s'il est nécessaire, je me livre moi-même
pour être le premier infirmier de ce nouvel
hôpital » (1).

On finit cependant, grâce à des aumônes multipliées, des quêtes incessantes et quelques secours obtenus de la Métropole, par relever
l'établissement incendié, mais il n'en coûta
pas moins de 200,000 livres, et quand les
malades purent être de nouveau installés,
vers la fin de 1757, une nouvelle épidémie,
succédant à celles qui avaient déjà désolé la
Colonie en 1744 et 1747, en multiplia le nombre à un point effrayant : « Les membres du
clergé, dit l'annaliste de cette communauté,
qui exerçaient leur ministère auprès de nos
malades, ne furent pas plus exempts que les

1. *Les Evêques de Québec*, p. 243.

religieuses de ces fièvres dévorantes ; il en
mourut quatre, dont trois dans le mois de
septembre. Mgr de Pontbriand les assista lui-
même, avec une charité et une tendresse qu'on
ne pouvait assez admirer. Ce fut à cette occasion que le bon pasteur régla que les aumô-
niers de l'hôpital général seraient relevés de
vingt-quatre heures en vingt-quatre heures, et
que tous les prêtres séculiers et réguliers y
viendraient à leur tour. Il commença lui-
même cet exercice le 25 septembre. Le vénérable prélat ne se contentait pas de son tour;
il suppléait les absents ; il aidait à tous » (1).
Et, ajoute l'auteur de son panégyrique, « il pas-
sait au milieu des souffles de la mort qu'exha-
laient de toutes parts ces hommes pestiférés...
et n'est-ce pas chose connue de tout le monde
que c'est dans cet exercice héroïque qu'il a
contracté cette longue maladie qui lui a fait
traîner une vie languissante, et enfin conduit
au tombeau ! » (2)

On ne peut se dispenser de dire un mot des
difficultés qui s'élevèrent, dès le début de

1. *Oraison funèbre*.

2. *Id.*

l'épiscopat de Mgr de Pontbriand, entre le
chapitre et le séminaire du diocèse, difficultés
dans lesquelles il ne fut pas loin d'être impli-
qué lui-même, qu'il eut le regret, malheureusement, de ne pouvoir pacifier, comme il
l'avait à cœur, mais au milieu desquelles il
apporta toujours une impartialité, un désin-
téressement, un esprit de paix et de charité,
hautement reconnus de tous.

Parmi les calamités qui désolèrent le Canada
au temps de Mgr de Pontbriand, la famine,
presque incessante, fut de celles qui firent le
plus éclater son ingénieuse charité. Dès 1744,
la Mère du Plessis de Sainte-Hélène, supérieure
de l'hôpital de Québec, écrivait à ce sujet :
« ... La famine a régné dans tout le pays ;
on a vu des misères que cette colonie n'avait
jamais éprouvées, et sans le bon ordre que
Monseigneur notre évêque a mis dans la ville
pour les charités, les pauvres auraient bien
pâti. Mais... il avait marqué à chaque communauté ceux qu'elle devait nourrir à propor-
tion de leurs facultés. Lui-même faisait distri-
buer quatre-vingts pains par semaine ; par ce
moyen, ils ont tous été secourus.... » (1).

1. *Les Evêques de Québec,* p. 237.

Mais la misère suprême, ce fut la guerre des dernières années, glorieuse épopée, en même temps que drame poignant, dans lequel devait sombrer la domination française au Canada. Nous ne pouvons songer à en retracer ici l'histoire. Après la dispersion violente et barbare des Acadiens en 1755, il nous suffira de rappeler les grandes journées de Chouaghen, du Fort-Henry et de Carillon, dans ces trois mémorables campagnes de 1756 à 1758.

Depuis le commencement de son épiscopat, « Mgr de Pontbriand... n'avait jamais cessé de tenir ses mains élevées vers le Ciel, et de prier, comme Moïse, pour les soldats qui combattaient pour la patrie. Les églises retentissaient du chant joyeux du *Te Deum*, chaque fois que Louis XV remportait quelque succès, ou lorsque les troupes Canadiennes se couvraient de gloire dans leurs combats héroïques ; mais les accents suppliants de la prière s'y faisaient entendre encore plus souvent dans ces temps de malheurs publics ; prières pour ceux qui allaient verser leur sang; prières pour ceux qui l'avaient déjà donné et qui étaient morts pour la plus sainte et la plus noble des causes. Tous ces mandements respirent le plus pur patriotisme, comme la foi la plus vive en la divine Providence, qui con-

duit les évènements à son gré, qui, par les
calamités qu'elle leur envoie, sait punir les
crimes des peuples pour les sauver ensuite,
et qui récompense toujours leur confiance en
Dieu et les actes d'une sincère pénitence. » (1).

La dernière lutte commença avec le siège
de Québec, au mois de juin 1759. Elle fut
encore marquée par l'éclatante victoire de
Montmorency (31 juillet), quand une sorte de
hasard amena le dénouement, si longtemps
conjuré, dans les plaines d'Abraham (13 septembre), qui virent tomber les deux héros
Wolfe et Montcalm que la France et l'Angleterre avaient opposés l'un à l'autre. Montcalm était mort entre les bras de Mgr de
Pontbriand, presque agonisant lui-même ;
mais avec son dernier soupir, la victoire avait
fui nos armes.

Retiré à Montréal avec les derniers débris
des Français et des autorités Canadiennes, le
pauvre évêque n'y attendait plus que la mort,
heureux de ne pas survivre à la ruine de sa
seconde patrie et de ne pas y voir les Anglais
installés à notre place. Il eut encore la force
d'encourager par ses exhorations, et de soutenir par ses prières les combattants qui, par

---

1. *Les Evêques de Québec*, pp. 248, 249.

un effort héroïque, tentèrent, sous les ordres
du chevalier de Lévis, un retour offensif contre
Québec, et conquirent de nouveaux lauriers
sur le même champ de bataille que celui du
13 septembre. Mais la ville ne put être empor-
tée à défaut d'une artillerie suffisante, et surtout les Anglais ayant la faculté de se ravitail-
ler. C'était, en somme, un échec, tout brillant
qu'il pût être. — Il fallut rentrer à Montréal, où
on trouva l'évêque au terme de ses longues
souffrances, et auquel notre dernier insuccès
sembla porter le coup mortel.

Le 19 mai, il adressa à ses chanoines les
adieux les plus touchants et les avis que lui
suggéraient les difficultés dont il prévoyait
que sa mort serait le signal, en raison de
la conquête.

Il rendit le dernier soupir le 8 juin 1760, à
l'âge de cinquante-et-un ans, et fut inhumé, le
10, dans l'église paroissiale de Ville-Marie, à
Montréal, église en laquelle fut prononcée son
oraison funèbre, le 25 du même mois, par
l'abbé Louis Jolivet, prêtre de Saint-Sulpice.

On peut dire que ce fut, avant tout, un admirable Français, en même temps qu'un véritable saint, par ses travaux apostoliques, l'inté-

grité de sa vie, l'humilité et la charité sans
bornes.

Sa mort était ainsi annoncée au comte de
Névet, son frère, par le vénérable abbé de
Mongolfier, l'un de ses grands vicaires :

« C'est avec la plus sensible douleur que je
vous annonce la mort de feu Mgr Henry-Marie
du Breil de Pontbriand, évêque de Québec, et
votre illustre frère, arrivée le 4 juin dernier.
Toute la Colonie s'attendait à ce coup, peut-
être plus funeste encore que la révolution qui
vient d'arriver dans son gouvernement, et
bien plus irréparable...

« Cet illustre prélat est mort en saint, entre
mes mains, et j'ai eu l'honneur et la douleur
de lui fermer les yeux et de recevoir ses dernières paroles. De son vivant, il m'avait
honoré de sa confiance et de la qualité de son
grand vicaire, et, obligé de fuir Québec après
la destruction et la prise de cette ville infor-
tunée, il nous avait fait l'honneur de choisir
notre maison pour venir y terminer ses jours
languissants, qui lui annonçaient une fin prochaine, mais qui étaient encore, cependant,
bien précieux à ce peuple qu'il aimait tendrement, et dont il était infiniment chéri et respecté. »

Un autre grand vicaire de l'évêque défunt, Pierre de la Rue, abbé de l'Isle-Dieu, en France, écrivait aussi ce qui suit à la supérieure des Dames de la Visitation de Rennes :

« Je ne puis assez vous dire, Madame, à quel point est ma juste et légitime douleur de la perte d'un ami aussi essentiel, pour qui mon attachement et mon respect étaient sans bornes... Jamais personne n'a été plus regretté, et n'a mieux mérité de l'être... aussi, tout son diocèse en est dans une consternation générale ; et la Cour elle-même et le ministère de la Marine sentent également la perte que nous venons de faire d'un évêque digne des premiers temps de l'Eglise, et qui a terminé sa carrière sous le poids immense des travaux apostoliques et des services rendus à l'Etat, aussi bien qu'à la Religion, jusqu'au dernier moment de sa vie... »

XIX. — L'ABBÉ DE THEULLEY.

RENÉ FRANÇOIS-MARIE du Breil de Pontbriand, était le second fils de François-Louis-Mathurin, vicomte de Pontbriand et de la Caune-

7

laye, et de Marie-Anne de Saint-Gilles, celle-
ci fille de Jean-Baptiste de Saint-Gilles-
Perronay, des sires de Saint-Gilles, et de
Sainte-Jeanne-Marquise du Guesclin, l'une des
dernières représentantes de cet illustre nom.

Né au château de la Caunelaye, le 9 avril
1721, il eut pour parrain René-François de
Saint-Gilles, seigneur de la Durantais, et, de
bonne heure, se destina à l'état ecclésiastique,
qu'il embrasse, semble-t-il, sous les auspices
de son oncle à la mode de Bretagne, Bertrand-
Jean-René du Guesclin, évêque de Cahors,
lequel, bientôt après, le choisit comme grand
vicaire, et le nomma grand archidiacre de son
église cathédrale. Il fut aussi prieur, seigneur
de Grandpont, et Monseigneur du Guesclin
étant mort en 1766, il lui succéda, comme abbé
commandataire de l'abbaye royale de Theulley, ordre de Citeaux, au diocèse de Dijon,
bénéfice considérable, dont le revenu était
évalué à 8000 livres.

Une lettre de la comtesse de la Garaye, du
mois de juin 1755, parle de lui, à cette époque,
comme s'il eût été déjà grand vicaire de Saint-
Malo. Cependant le Pouillé historique de
l'archevêché de Rennes (1), ne le dit avoir été

1. T. 1. p. 629.

appelé à cette fonction, par Mgr des Laurents,
que le 17 février 1770, date peut-être plus
vraisemblable, car la première supposerait
qu'il aurait pu cumuler les deux charges de
grand vicaire de Cahors et de Saint-Malo,
et d'autant plus que, comme grand vicaire
de Saint-Malo, il lui était assigné d'être en
résidence à Dinan.

Quoiqu'il en soit, par la mort de son frère
ainé, Jean-Baptiste-Tanneguy, au mois de
janvier 1767, l'abbé de Pontbriand devenait
le chef de la seconde branche de sa famille
(devenue depuis l'aînée), et, en cette qualité,
il donna partage noble à ses sœurs, par actes
des 8 et 14 juillet 1768 ; mais par autre acte
du 17 avril 1769, il voulut transférer à son
frère cadet, Joseph-Victor, les charges fami-
liales incompatibles avec le sacerdoce dont il
était revêtu. Il fit donc, en sa faveur, démission
de tous ses droits de propriété, titres et aînesse,
afin de favoriser son établissement, mais il
conserva la jouissance du château de la Caunelaye et la seigneurie de la paroisse de Corseul, paroisse dont les intérêts lui furent toujours chers, et qu'il n'oublia pas quand il voulut
concourir, par un don de 10.000 livres (1),

1. Représenté suivant un acte du 26 septembre 1784,

à la fondation du nouveau collège de Dinan,
dû à l'initiative de Mgr des Laurents, dont il
devait garder le nom. L'une des conditions de
cette générosité fut en effet, la réserve, au
profit du donateur et de ses successeurs, à
perpétuité, du droit de nommer à deux bourses
pour des élèves de la paroisse de Corseul,
droit qui bientôt vint à disparaître par suite
des événements de la Révolution.

L'identité absolue de leurs prénoms à fait
quelquefois confondre l'abbé de Theulley avec
celui de Saint-Marien d'Auxerre, ou des Petits-
Savoyards, quoique leur personnalité soit, en
réalité, fort distincte.

Ce fut au château de la Caunelaye, que
mourut le premier, le 25 décembre 1777, juste-
ment considéré comme le bienfaiteur insigne
de la contrée.

XX. — Joseph-Victor du Breil, comte de
Pontbriand et de la Caunelaye, né au château
de la Caunelaye, le 16 avril 1724, était le qua-

par la constitution d'une rente de 576 livres. Acte
relevé par M. de l'Hommeau. (*Union Malouine et
Dinannaise* du 10 août 1906).

trième fils de François-Louis-Mathurin, et de
Marie-Anne de Saint-Gilles, et resta le seul
parmi les quatorze enfants nés dudit mariage,
qui ait eu lui-même postérité, celle-ci représen-
tée aujourd'hui par tous les rameaux actuels
de Pontbriand.

Entré page de Mgr le prince de Condé en
1738, il fut nommé cornette au régiment de
Condé-cavalerie, le 14 août 1741, lieutenant, le
7 mai 1743, et peu après capitaine au régiment
de Lorraine, avec lequel il prit part à la bataille de Fontenoy ; il fit ensuite les campagnes
du Hanovre, obtint la croix de Saint-Louis en
1759, et fut encore titulaire d'une pension de
600 livres, avant d'être rappelé dans ses foyers,
par la mort de son père et celle de son frère
aîné, pour y épouser demoiselle Agathe du
Plessis de Grenédan, cinquième fille de
Charles-Marie, marquis de Grenédan, et d'E-
lizabeth de Montaudouin. On a vu comment son frère, l'abbé René-François, lui
avait abandonné, en vue de cette alliance,
tous ses droits d'héritier principal. Il faut
ajouter que la mort de son cousin, Claude-
Toussaint-Louis, comte et marquis de Pontbriand, le fit héritier, en 1781, de tous les
titres aînés de la famille, en même temps que, à

défaut d'autre succession territoriale, elle lui transmettait, dans l'église Saint-Malo de Dinan, les droits réservés par l'acte de vente du comté de la Garaye, sur le magnifique enfeu, jadis celui des Rohan, qui devait bientôt recevoir sa cendre, et dont les restes dispersés (1), — superbes bas-reliefs en marbre d'Italie, — devraient bien être revendiqués par nos aînés, comme l'ont été, avec beaucoup moins de droit, et avec succès cependant, par la paroisse de Léhon, les tombeaux des anciens Beaumanoir.

C'est cette même année 1781, que, par acte du 24 mars, notre aïeul Joseph-Victor, voulut s'associer à la belle œuvre de l'abbé de Kergus, fondée à Rennes pour l'éducation de la noblesse bretonne, et particulièrement de la plus dénuée de ressources, acte par lequel il constitua une rente de 1,000 livres au capital de 20,000, stipulant que lui-même et ses successeurs, à perpétuité, pourraient faire admettre deux membres de leur famille à l'*Hôtel des Gentilhommes;* mais cette fondation, comme celle dont il a été question pour le collège de Dinan, est devenue stérile par suite des événements de la Révolution.

1. Les plus importants débris sont actuellement au musée de Dinan.

Joseph-Victor était un homme éminemment bon et vertueux, digne d'être proposé en exemple à tous les siens, d'autant plus que ses mérites étaient d'un ordre qui n'a rien d'inaccessible au plus grand nombre. Ses notes régimentaires portaient, pour les années 1763-1764 : « On en dit beaucoup de bien. Peu riche (il était, en effet, à cette époque *quatorzième cadet*), mais *fort rangé*. De la douceur dans les mœurs, fait pour être conservé. *D'un bon exemple* » : ce qui s'accorde bien avec le témoignage que lui rend le comte Louis du Plessis de Grenédan, écrivant à son fils Marie-Ange, (fils de Joseph-Victor), à l'occasion de son mariage : « Vous portez le nom, et vous promettez de nous rappeler les mœurs de votre père, *le meilleur des hommes que j'aie connus,* et peut-être *le plus propre à faire le bonheur d'une famille.*

Décédé à Dinan, le 19 octobre 1784, père de six fils et de deux filles, tous avec postérité, et inhumé, comme on l'a dit, à l'église Saint-Malo, dans l'ancien enfeu de la Garaye ou de Rohan, passé aux Pontbriand.

CHAPITRE IV

Derniers temps.

XXI. — Le colonel de Pontbriand

Toussaint-Marie du Breil, vicomte de Pontbriand, troisième fils du comte Joseph-
Victor, qui précède, et d'Agathe du Plessis
de Grenédan, était né à Dinan, le 2 septembre
1776. — Associé, avant quinze ans, à la grande
coalition bretonne de la Rouërie, il était allé,
pour le service de la cause royale, rejoindre,
en Angleterre, ses deux frères aînés émigrés ;
mais, arrêté en voulant rentrer en France, à
la fin de 1791, et détenu longuement à Saint-
Malo, puis à la tour de Solidor à Saint-
Servan, il fut près de faire connaissance
avec la guillotine, lorsqu'un bienfaiteur, resté
inconnu, lui procura un engagement, sous un
nom supposé, dans un régiment de hussards.

Il y servit un certain temps, et parvint à rentrer en Bretagne au commencement de 1793, avec l'intention de se joindre aux partis royalistes, actifs alors surtout dans le pays de Fougères et de Vitré. Il se fit connaître là des anciens soldats de Jean Chouan, et fut chargé par le chef de division Couësbouc, sous l'autorité supérieure de du Boisguy, de commander le canton d'Argentré, auquel restèrent jointes, sous lui, plusieurs paroisses du Bas-Maine.

Si nous avions l'intention de donner sa biographie tant soit peu complète, il faudrait rappeler nombre d'affaires importantes, auxquelles, à partir de ce moment, il eut une part très principale, et dont il fut plus tard l'historien, telles entre autres, dans le pays de Vitré, celles de Cantache, Pintourteau, la Gravelle, Champeaux, le Boisbide, Dourdain, la Chapelle-Erbrée, Bais, Bourgon, le Rocher-de-Malnoë, Bréal, Saint-M'Hervé, Juvigné, Piré, Toucheneau, etc.; plusieurs autres encore où il seconda du Boisguy à Fougères; il faudrait montrer ses soins industrieux, pour subvenir aux besoins de ses troupes, sa vigilance, et au besoin sa sévérité, pour empêcher la licence de s'introduire dans leurs rangs; il faudrait le dépeindre surtout avec la valeur entraî-

nante qui animait les courages, l'inépuisable
bonté qui lui gagnait tous les cœurs, la bonne
humeur même et la gaîté, toujours précieuses
chez un chef de partisans pour soutenir le
moral de ses compagnons.

Ainsi parvint-on à travers des succès divers,
mais généralement favorables au parti royaliste, au terme de la lutte engagée depuis trois
ans, lutte qui ne pouvait plus se poursuivre,
après l'écrasement de la Vendée. La paix de
1796 fut signée par les chefs de Fougères et
de Vitré, dans les derniers jours du mois de
juin. Elle permit à Pontbriand de se constituer un foyer digne de lui, en épousant, le
2 septembre de cette année, le jour même où
il atteignait sa vingtième année, Mademoiselle Colette-Apolline Picquet du Boisguy, la
sœur de son ami, le vaillant général du Boisguy.

Lors de la tentative suprême de 1799, ce fut
dans les Côtes-du-Nord que l'ancien chef de
Vitré fut chargé de lever le drapeau royaliste, comme colonel chef de la division de
Dinan. Il y combattit jusqu'au 13 février 1800,
pour rentrer ensuite dans ses foyers, après
avoir refusé noblement, ainsi que son beau-
frère, les propositions faites à tous les deux

par le Premier Consul, pour servir, avec leurs grades, sous le drapeau tricolore.

La Restauration vint apporter du moins, au royaliste fidèle, la confirmation de son grade de colonel, et les *Cent jours* l'occasion de reprendre encore une fois les armes, pour la cause royale. Réguliers, Gendarmes et Fédérés, durent être réduits ou contenus par des efforts sérieux, et peu s'en fallut que Pontbriand, après avoir rétabli le drapeau blanc dans le reste du département, ne fût obligé de livrer un assaut pour faire rentrer les Royalistes dans la ville de Dinan. Une ordonnance du 25 août 1815 coupa court au scandale de cette résistance à la seconde restauration, en lui donnant la mission officielle d'organiser la *légion des Côtes-du-Nord*, dont il fit bientôt une des meilleures de l'armée, mais, poursuivi par les intrigues antiroyalistes, il fut, au commencement de 1816, subitement enlevé à ce commandement et appelé à aller prendre celui de la légion du Jura, disgrâce qu'il refusa d'accepter, lui préférant un obscur commandement dans le service de l'état-major des Places. C'est peu après que nous le trouvons rentré dans ses foyers, et nous avons été longtemps sans nous l'expliquer, avant que les pages d'un journal, soigneusement tenu par lui, nous aient montré, sans doute possible, de quelles machinations il avait été l'objet, et comment les meilleurs royalistes pouvaient être traités en *ennemis* par le *gouvernement royal*. C'est ce qui nous fait nous arrêter aujourd'hui sur cet incident bizarre, un peu en dehors de notre sujet, que nous n'avions pas été en mesure d'approfondir précédemment.

Il était donc, au mois de mai 1817, colonel, lieutenant de Roi, à l'île de Rhé, sous le commandement supérieur du général d'Ordonneau, soldat des armées impériales, le lieutenant-général, comte Rivaud, commandant à La Rochelle. C'était le temps des complots de Lyon, Grenoble et plusieurs autres. Or, à l'île de Rhé, le général d'Ordonneau était absent, et toutes les responsabilités incombaient à Pontbriand. Il note dans son journal, à partir du 21 mai, de nombreux signes d'insubordination, cris et discours séditieux, dans les deux bataillons coloniaux stationnés dans l'île ; puis ce sont des désertions presque quotidiennes. Un soldat déclare qu'il existe un complot dans son bataillon, que plus de trois cents hommes y sont affiliés ; qu'on devait assassiner d'abord le capitaine commandant, même tous les officiers royalistes, et qu'il y en avait encore

« d'autres *de plus grands* », qui devaient avoir le même sort. Les chefs du complot sont désignés et interrogés ; l'un d'eux reconnaît qu'on annonce journellement le retour de Bonaparte et une prochaine révolution. Un rapport sur cette situation et affaires connexes est envoyé, le 23 juin, au lieutenant-général et au ministère ; cependant les désertions ne cessent pas. Une surveillance rigoureuse est prescrite, et plusieurs soldats suspects sont désarmés.

Le 17 juillet, rentrée du général d'Ordonneau. Il prétend qu'on a dénoncé au ministre de la guerre le mauvais esprit des troupes et des habitants.

Les jours suivants, le bruit de cette prétendue dénonciation se répand ; on en accuse le maire et plusieurs notables, ainsi que M. de la Garlière, commandant des gardes nationales. On attribue au général d'avoir dit que, sans son intervention, six mille hommes de troupes étrangères auraient été envoyées dans l'île et logés chez les habitants.

Un certain commandant Poinsignon, dans tout le cours de cette affaire, se distingue par la mauvaise volonté et son insolence à l'égard des autorités, particulièrement du colonel de Pontbriand.

Le 28 « écrit au général d'Ordonneau pour lui demander la punition de cet officier. Le général m'a refusé toute satisfaction » (1).

Le 1ᵉʳ septembre, départ en congé : « Je me suis rendu à la Rochelle. Je suis allé voir M. le lieutenant-général comte Rivaud et lui porter ma plainte contre le chef de bataillon Poinsignon. Le lieutenant-général m'a dit qu'il regardait cet officier comme très coupable et qu'il le ferait punir sévèrement. »

Le 3, « parti en poste pour Saint-Fulgent, et le lendemain je suis arrivé à la Rabatellière, chez Mᵐᵉ de Martel, ma cousine.

Le 10, « J'ai reçu de l'île de Rhé copie d'une lettre de Son Excellence le ministre de la Guerre au maire de la Flotte, qui dément de la manière la plus formelle les prétendues dénonciations dont avait parlé le général d'Ordonneau, *et dont il avait partout publié la nouvelle, afin de perdre les maires, les Royalistes de l'île et particulièrement moi, dans l'esprit des populations.* »

Le 30 octobre, « J'ai appris que le général d'Ordonneau avait fait contre moi de violentes plaintes, qu'il m'avait accusé, auprès du

1. Du *Journal de Pontbriand,* ainsi que toutes les citations qui suivent.

ministre, pour les mesures que j'avais prises afin de prévenir l'insurrection du bataillon de Belle-Isle ; qu'il avait dénaturé les faits ; qu'enfin, je devais entrevoir que je serais changé dans peu de temps. »

2 novembre, retour dans l'île, « et, le 3, j'ai repris le commandement de la place. »

« J'ai reçu une lettre de Paris m'annonçant que je suis remplacé par le colonel Contréglise et renvoyé en disponibilité. »

Le 5, « j'ai reçu une lettre du ministre qui me le confirme officiellement. »

« J'ai trouvé, à mon arrivée, plus de la moitié des officiers qui ont servi le Roi dans les gardes du corps ou à l'armée royale en prison ou aux arrêts ; une partie y ont passé presque tout le temps de mon absence » (1).

Le 7, « j'ai écrit à M. le lieutenant-général pour lui demander l'autorisation de remettre le commandement à M. le major, et depuis, j'ai cessé d'aller chez le général d'Ordonneau ».

1. Un de ces officiers particulièrement dévoué à Pontbriand, avec qui il entretenait une correspondance assidue, était un ancien volontaire royal de la division de Dinan. Il signait : *le chevalier Fustel de Coulanges* ». C'était le père de l'illustre publiciste de notre temps.

Le 12, « j'ai reçu cette autorisation, et j'ai aussitôt remis par un ordre de la place, mon commandement. »

Voilà donc ce qu'avaient valu à Pontbriand son zèle pour le service du Roi. A partir de 1817, il était en *disponibilité* (et ce qui précède nous dit pour quelles causes) ; il ne faut pas voir autre chose dans sa retraite à cette époque.

Cependant, aux premiers bruits de la guerre avec l'Espagne, il se sentit de nouveau impatient de son repos et demanda à reprendre du service. On le lui accorda, et il put faire encore brillamment cette campagne. Chargé par le duc de Reggio du commandement militaire de la ville de Tolède, et laissé presque seul dans cette grande cité, au moment où les passions populaires, sous le couvert d'un faux loyalisme, la menaçaient des plus grands excès, il parvint à y maintenir l'ordre et à sauver les détenus politiques, en veillant lui-même à la garde des prisons. Nommé ensuite gouverneur de l'île de Léon, près Cadix, il y resta jusqu'à la fin de l'occupation française au mois de juin 1828. Rentré alors dans la vie privée sans autre récompense que quelques décorations nouvelles de France et d'Espagne, il resta toujours le colonel de Pontbriand, *le bon colonel*, comme on l'appelait depuis trente ans et nous répéterons ce que nous avons dit déjà précédemment (1): « C'était certes à bon droit qu'on l'appelait ainsi, car, de tout temps, il s'était fait aimer et bénir dans le pays qu'il habitait, comme à la tête de ses soldats ; mais les années de sa retraite (1828-1844), montrè- rent plus particulièrement que, chez lui, l'homme de bien égalait au moins le preux. Aujourd'hui même, on n'a point encore oublié cette loyale et chevaleresque figure, cette parole un peu haute, mais si franche, si cor- diale à tous, si pleine à la fois d'une spiri- tuelle bonhommie et d'une courtoisie exquise, et surtout, le temps n'a pas altéré le souvenir de son incomparable charité, qu'il exerçait avec le cœur et sous toutes les formes. Non seulement, en effet, il prodiguait les aumônes et les consolations à tout ce qui souffrait au- tour de lui ; non-seulement il était *l'ami* des humbles et des déshérités, mais il se plaisait encore à recueillir au château de la Villero- bert, les malades les plus abandonnés, les plus désespérés de la contrée ; il les soignait

1. *Mémoires du Colonel de Pontbriand.* Plon et Nourrit, 1897. Préface.

de ses mains avec un habile et infatigable
dévouement, et, pour beaucoup, il obtenait
des résultats presque merveilleux ; ce qui faisait dire à un préfet de son département, en
réponse à une dénonciation portée contre lui
après 1830 : « Que n'avons-nous un plus grand
nombre d'ennemis comme celui-là ! »

Ajoutons que l'exercice de la charité et de
la piété, dans ce qu'elles pouvaient avoir de
plus actif, n'avaient pas tellement absorbé ses
dernières années qu'il n'y trouvât le temps
nécessaire pour rassembler des souvenirs précieux au point de vue historique. Souvenirs
« où l'auteur s'est attaché avec un soin minu-
tieux à faire connaître la part que chacun de
ses compagnons avait prise aux affaires dans
lesquelles ils avaient figuré ensemble » (1).

Inutile de dire que sa mort, survenue le
20 février 1844, fut un deuil public que reflé-
tèrent ses obsèques, célébrées le 22 du même
mois, dans l'église de Pluduno.

---

1. P. Levot., *Bibliographie bretonne.*

XXII-XXIII. — Mon grand-père
et ma grand'mère

Marie-Ange du Breil de Pontbriand, mon grand-père, plus particulièrement connu, entre ses frères, sous le nom de *M. du Breil*, était le quatrième fils du comte Joseph-Victor, et fut l'auteur du troisième rameau de notre famille, parmi ceux qui subsistent aujourd'hui.

Né à Dinan le 19 septembre 1777, il fut incarcéré, sous le Directoire, en vertu de la loi des suspects, et prit part ensuite aux derniers soulèvements royalistes dans la division de Dinan, commandée par son frère, le vicomte Toussaint de Pontbriand. Il soutint notamment, avec une intrépidité rare, une attaque dirigée, le 22 janvier 1800, contre le quartier général de la Caunelaye, et réussit, avec une poignée d'hommes, et l'aide de son jeune frère Joseph, à percer les lignes ennemies et à sauver les armes de la division.

Il fut depuis membre du Conseil général des Côtes-du-Nord, de 1816 à 1830, et, vivement sollicité par les royalistes de droite d'accepter la députation dans le pays, il déclina cette offre, malgré la certitude presque absolue du succès, dans la crainte de causer des divisions fâcheuses.

Chrétien des plus fermes et des plus fervents, Marie-Ange ne cessa de se montrer tel durant toute sa vie, non moins exemplaire que la compagne à laquelle il s'était uni, le 16 septembre 1800, Marie-Anne-Perrine-Caroline du Plessis de Grenédan, celle-ci femme à la fois d'un esprit supérieur et de la plus haute vertu.

Dans sa jeunesse, et antérieurement à ce qu'elle appelait sa *conversion*, c'est-à-dire jusqu'à l'année qui précéda son mariage, elle avait été fort éprise de littérature, surtout de poésie, faisant elle-même de très jolis vers ; occupation qu'elle regarda bientôt comme une futilité, et dont elle se crut obligée de faire en quelque sorte pénitence, n'y voyant plus que des « chimères romanesques », dont elle se reprochait de s'être alimentée jusque là. Elle en fut tirée par une amie incomparable, qui s'était fait des scrupules semblables sur une jeunesse qu'elle estimait aussi avoir été trop frivole, amie qui n'était autre que Julie de Chateaubriand (Madame de Farcy de Montvallon) l'admirable sœur de l'auteur du *Génie du Christianisme*, lequel nous l'a dépeinte dans ses *Mémoires d'Outre-Tombe*, d'après un manuscrit de Madame du Breil, qui s'y trouve en grande partie reproduit, et dont le vénérable abbé Carron avait déjà tiré les éléments d'une édifiante monographie (1).

« Peu de mois avant de mourir, dit l'illustre auteur dans les pages qu'il consacre à sa vertueuse sœur, elle venait de contracter, avec une jeune personne de son pays, une liaison qui fut précieuse à l'une et bien douce à l'autre. C'est d'un petit manuscrit intitulé : *Mes Souvenirs de Madame de Farcy*, et que nous avons entre les mains (2), que nous recueillons de nouveau la manière ingénieuse et triomphante dont celle de qui nous écrivons la vie faisait des conquêtes à la vertu. » (3).

Or ce même manuscrit est bien celui que nous a laissé ma grand'mère, et dont nous pouvons

1. *Vie des justes dans les plus hauts rangs de la société*, par l'abbé CARRON. Paris, Rusand, 1817, t. IV.

2. C'est Chateaubriand qui parle.

3. *Mémoires d'Outre-Tombe*, par CHATEAUBRIAND, t. VI, p. 395 et suiv. Edition Boulanger et Legrand. Paris, rue Monsieur-le Prince, 28, près le Luxembourg. Tout ce qui concerne la biographie de Mme de Farcy est compris entre les pp. 387 et 404.

comparer le texte littéralement conforme avec celui des *Mémoires d'Outre-Tombe.* — Remarquons seulement que ceux-ci débutaient ainsi dans les citations tirées des *Souvenirs de mon aïeule :* « La nouvelle amie de Julie la met en scène avec elle et retrace fidèlement leur conversation. » Mais ils continuent *(les Mémoires) :* « Lorsque j'eus le bonheur de la connaître, nous raconte *une de ses autres amies...* » Or c'est toujours notre même petit manuscrit des *Souvenirs*, et par conséquent la même amie, qui se trouve ainsi avoir été dédoublée sans raison.

Ce fut seulement au commencement de 1799, que Mademoiselle du Plessis connut « l'inappréciable amie » qu'elle eut le regret de perdre six mois plus tard : « La mort, nous dit-elle, m'ôte en elle le plus aimable et le plus utile appui. Que ne puis-je maintenant recueillir chaque mot sorti pour moi de sa bouche ! »

Rappelant ces paroles, dans sa propre biographie de Mme de Farcy, l'abbé Carron dit à son sujet : « L'amie de Mme de Farcy se promettait de les consulter souvent (ces souvenirs) et de les faire comme sortir de la tombe pour l'interroger, pour l'étudier, et pour se diriger par ses conseils. Eh bien ! *cette femme généreuse* s'est tenue parole à elle-même. Voilà dix-huit ans qu'elle pleure sa vertueuse amie; l'ombre éloquente de Julie ne l'a point quittée ; elle l'accompagne partout, elle est à côté d'elle dans ses appartements ou dans la société. Epouse et mère, elle fait partager à tout ce qui l'entoure le fruit de l'impression durable qu'a produite sur elle la courte, mais si belle carrière qui est devenue pour elle un évangile vivant et celui de sa jeune famille. Disons tout : Julie n'est pas morte ; elle revit tout entière; elle vivra toujours, au moins dans ce petit groupe de vrais amis attachés à tous ses pas, à tous ses sacrifices et à toutes ses vertus, pour les retracer fidèlement dans leur personne » (1).

Mariée, comme nous l'avons dit, à quelque temps de là, elle (Mlle du Plessis) fut une épouse et une mère de tout point admirable, malgré les tribulations d'une santé déclinante, qui contrarièrent trop souvent son activité.

Il lui fut réservé, du reste, pour ses dernières années, une amie, entre plusieurs autres, dont certains traits rappellent celle qu'elle avait trouvée pour orienter sa jeunesse.

Mademoiselle Anne-Charlotte-Marie de Cornulier-Lucinière, dite *Ninette* dans l'intimité,

1. Abbé Carron. *Supplément aux Vies des Justes,* t. IV, p. 440.

avait été formée aux leçons du vertueux abbé
Carron, durant son émigration en Angleterre,
et n'était rentrée en France, en même temps
que lui, qu'à la première restauration, pour
s'associer à ses œuvres de tout genre.

Nous ne savons pas exactement quel fut
le principe de cette intimité, mais il est certain que la correspondance qui s'en suivit
n'attendit pas le retour en France de Mlle de
Lucinière et se poursuivit sans interruption
tout le temps de la vie de ma grand'mère. A
sa mort survenue à la Brousse, le 21 janvier 1832, le comte Louis du Plessis de Grenédan, son frère, qui avait toujours professé
pour elle un véritable culte, et dont le rôle est
bien connu dans les Chambres de la Restauration, pensa à faire revivre sa mémoire, et écrivait dans cette intention à l'amie de ma grand'-
mère : « Mon cœur se plaît à s'épancher avec
vous, parce que je sais combien elle vous était
chère. Elle m'appelait *l'ami du cœur* ; elle
m'a fait l'exécuteur de ses dernières volontés
et le dépositaire de ses plus secrètes pensées...
Sur son tombeau on établira une pierre tom-
bale, surmontée d'une croix. Mais je veux
élever un autre monument à sa mémoire. Je
recueille ses lettres dans ce dessein ; réunies

à quelques écrits excellents que j'ai trouvés
dans ses papiers, elles formeront un ouvrage
cher à la Religion et aux Lettres ; car tout ce
qui est sorti de sa plume porte l'empreinte du
goût, du sentiment, de la raison et de la
piété.

« Si vous voulez bien me seconder, Mademoiselle, j'oserai vous demander, entre les
lettres qu'elle vous a écrites, celles qui pour-
ront m'être communiquées... » A quoi Mlle de
Lucinière répondait, dès le 6 février : « Oui,
Monsieur, je vous envoie ce qui me reste de
ces précieuses lettres de l'amie la plus chère
et la plus intime. Vous y trouverez bien des
lacunes, et en voici la raison... Oh ! que je
les regrette ces feuilles ! Car si j'avais prévu
le malheur de survivre à *cette femme angéli-*
que, j'aurais voulu tout conserver ; mais
j'étais bien loin de le prévoir... J'ai brûlé
avec soin tout ce qu'elle m'a adressé depuis
la dernière révolution, dans la crainte de
visites importunes..... Je regrette infiniment
celles que j'avais reçues en Angleterre lors de
la révolution de 1814, et celles qui suivirent
cette époque, à l'exception de deux ou trois...
Le retour subit de Bonaparte me porta à les
détruire. Nous étions tous saisis d'une ter-
reur panique...

« J'espère cependant, Monsieur, que vous serez satisfait de ce que je vous envoie, tant pour le nombre que pour ce que ces lettres renferment de religieux et d'admirable.

« Quelle amie nous avons perdue ! Jamais je ne m'en consolerai...

« Pauvre Caroline, non, non, jamais je ne t'oublierai. Tes enfants me seront toujours chers. Ton frère sera le mien. Puissions-nous nous retrouver bientôt pour ne plus nous quitter !... »

M. du Plessis n'ayant pas réalisé, à notre connaissance, son projet de biographie fraternelle (1), notons quelques-uns des opuscules auxquels il faisait allusion, de ceux au moins que nous avons retrouvés dans l'exploration de ces *reliquiæ* :

Ce sont d'abord les souvenirs des relations de sa sœur avec Mademoiselle de Farcy *(Mes souvenirs de Madame de F... cy de M...on)* ; dont on retrouve la substance, comme nous l'avons dit, dans l'ouvrage de l'abbé Carron et dans les *Mémoires d'Outre-tombe*.

Sous le titre de *Petit memento spirituel*, des

---

1. Soit par suite d'autres travaux, soit par suite de pénibles soucis de vieillesse.

réflexions pratiques touchant l'avancement dans la piété.

Conseils à ses enfants. Sorte de testament daté de la dix-neuvième année de son mariage.

Méditations sur le Stabat, pour les différents jours de la semaine sainte.

Exhortation pour la première communion, probablement à l'un de ses enfants.

Conseils à deux nouveaux époux, qu'elle composa peut-être aussi à l'occasion du mariage de sa fille, quoiqu'elle semble les donner comme un emprunt fait à une autre plume que la sienne.

Notes sur un voyage à Bamberg, péle-rinage qu'elle fit avec son mari, aux mois de mars et d'avril 1822, pour conduire au prince-abbé Alexandre de Hohenlohe, l'illus-tre thaumaturge bien connu, un de ses frères et une de ses filles, tous deux menacés de perdre la vue, voyage qui, du reste, n'obtint pas pleinement la grâce demandée, malgré la foi des pélerins.

Non moins édifiantes que ces petits ouvra-ges, étaient les lettres conservées par ses en-fants, adressées soit à eux-mêmes, au cours de leur éducation, soit à ses proches parents et

principalement à son frère, le comte Louis du
Plessis, sans parler des amies très intimes,
parmi lesquelles, en premier rang, Mademoiselle de Lucinière, et aussi Mademoiselle du
Sel des Monts, à laquelle l'unissaient une
confiance et une affection presque égales.

Ma grand'mère n'avait pas cessé d'avoir à
cœur, ainsi que son mari, une double fondation par laquelle tous les deux se promettaient
de subvenir aux plus pressants besoins des
pauvres malades de leur paroisse de Saint-
Potan, et surtout d'assurer aux enfants de cette
même paroisse une instruction alors peu ré-
pandue, instruction, bien entendu, chrétienne
avant tout, et gratuite dans la mesure où la
situation des parents pourrait le requérir. Ils
avaient commencé par acquérir au bourg de
Saint-Potan, le 17 décembre 1831, une maison
qui fut le principe de cette fondation, et qui
devait en constituer la première dotation ;
mais l'œuvre reçut bientôt des développe-
ments et une pleine existence. Au lendemain
de son veuvage, et dès l'année 1832, mon
grand-père parle de « biens réservés pour
l'œuvre que Mme du Breil m'a recommandée
dans son testament, et qui va prochainement
recevoir son exécution. » En effet, suivit bien-

tôt un acte en forme, avec approbation de
l'autorité épiscopale (1), portant, d'une part,
l'engagement par la congrégation des *Filles
du Saint-Esprit*, d'entretenir, à Saint-Potan,
à perpétuité, *trois* religieuses de l'ordre, pour
soins, remèdes et aliments à fournir aux malades pauvres de la paroisse, et celui de tenir
une école de filles et de garçons, gratuite
pour les malheureux ; de l'autre, cession à
ladite congrégation d'une maison sise au
bourg de Saint-Potan, appropriée et aména-
gée pour cet usage, et comprenant toutes les
dépendances nécessaires, ainsi qu'un mobilier,
fonds de lingerie, etc., d'une valeur de deux
mille et quelques cents francs (2,478 fr. 30),
plus d'une pièce de terre, dite le Clos Tellière,
de 1 hectare, 16 ares, 50 centiares, enfin constitution d'une rente annuelle de 750 francs, au
capital de 15,000 francs, le tout à charge de
retour aux héritiers du Breil de Pontbriand,
en cas de suppression de la congrégation des
Filles du Saint-Esprit, ou d'inexécution des
charges consenties par ladite congrégation.

Diverses formalités et exigences, tant de
l'administration que de l'autorité académique,
prolongèrent jusqu'au 21 janvier 1860, les délais

1. Le premier acte proprement dit à ce sujet est du
20 février 1834.

durant lesquels les conditions ci-dessus furent
exécutées en fait, mais sans reconnaissance
légale définitive, après quoi seulement, inter-
vint l'autorisation officielle, suivant acte re-
nouvelé à la date susdite, au nom de Mademoiselle Marie-Anne du Breil de Pontbriand (1),
l'une des héritières des fondateurs. Mais, entre
temps, une nouvelle donation de mon grand-
père, en date du 12 février 1853, assurait à la
fabrique de l'église de Saint-Potan tous les
terrains nécessaires pour l'édification d'un
presbytère et de ses annexes, construction à
laquelle lui-même se hâtait de faire procéder,
tant de ses deniers que comme trésorier de la
même fabrique.

Ce fut sa dernière œuvre de bienfaisance
d'un caractère général, car, après nombre
d'autres, continuées durant toute sa vie, à
titre privé, il mourut pieusement au château
de la Brousse, le 23 mars 1856.

---

1. Des arrangements particuliers entre tous les
frères et sœurs avaient mis finalement à la charge
nominale de celle-ci (Mlle Marie-Anne) toutes les
fondations paternelles. Ce fut un prétexte qu'on oppo-
sa dans ces dernières années aux revendications de
la famille, et qui même permit à l'Etat spoliateur de
voler une seconde fois ce qui l'avait été déjà une
première.

XXIV-XXV. — Mon père et ma mère

Mon père, Ange-Marie-Xavier du Breil de Pontbriand, né à Dinan, le 13 novembre 1809, des vertueux parents dont la notice précède, fit de brillantes études au collège ecclésiastique de Dinan, dit des *Cordeliers*, puis au petit séminaire de Sainte-Anne d'Auray, tenu alors par les Pères Jésuites.

Il se destinait à la carrière diplomatique, dont l'entrée lui était assurée par le chef du ministère, M. de Polignac, lorsque éclata la révolution de 1830. Il n'en poursuivit pas moins ses études de droit, et obtint le diplôme de licencié, le 9 août 1831.

A défaut d'une carrière qui lui demeurât ouverte, en raison des événements politiques, il vécut ensuite dans sa famille, jusqu'au mariage qu'il contracta, à Laval, le 27 novembre 1836, avec Mademoiselle Marie du Bourg.

Celle-ci, comme ses deux sœurs, élève du célèbre couvent des *Oiseaux*, qui forma tant de jeunes personnes à la vertu et à la

piété, y avait contracté de précieuses amitiés,
entre lesquelles j'ai toujours retenu, comme
particulièrement cher à ma mère, le nom de
Mademoiselle Maria de la Fruglaye. — Elle avait
apporté à son mari la terre de la Chaussée et
diverses autres près de Vitré, où le jeune
ménage commença par fixer sa résidence habi-
tuelle, sans abandonner toutefois la terre patri-
moniale de la Brousse-Briantaye. C'est là que
se passèrent, non sans quelques intermittences
de retour à la maison paternelle, une dou-
zaine d'années, dans l'exercice d'une bienfaisance restée légendaire dans cette contrée ;
celle de ma mère, surtout, jointe à la plus
haute piété, lui a valu une vénération dont
les sentiments ne sont point effacés. Mais sa
santé, altérée de bonne heure par des cou-
ches multipliées, ne permettait pas d'espérer
qu'elle vécût de longs jours.

On la transporta à Rennes, au commencement de 1850, dans la pensée qu'elle fût
plus à portée de toutes les ressources de la
science, mais ce fut pour l'y voir mourir
bientôt, le 15 avril 1850, dans des sentiments qui édifièrent tout ce qui l'entourait.
Mon père m'a souvent redit qu'à ses derniers
moments, elle semblait absorbée dans un
avant-goût de la patrie céleste, et ne cessait

de répéter quand on voulait la ramener aux choses de la terre : « Laissez-moi avec ma bonne mère »; comme si la vierge Marie eût. été dès lors en communication avec elle. Elle fut inhumée dans le cimetière de Saint-Jean-sur-Vilaine, où l'on m'a assuré que sa tombe est encore souvent visitée comme celle d'une sainte, et j'ai lieu de croire que c'est ce qui, dans la suite, a toujours empêché mon père de faire transférer ses restes dans la sépul·ture qu'il avait choisie pour la sienne, auprès de tous ses parents à lui-même, dans la paroisse de Saint-Potan.

Revenant à celui-ci, après la révolution de février 1848, il fut appelé par un vote *unanime* à la mairie de Saint-Jean-sur-Vilaine, puis au conseil d'arrondissement de Vitré, et, bientôt, au conseil général d'Ille-et-Vilaine, pour le canton de Châteaubourg ; mais, sur les instructions, plus ou moins heureusement inspirées du comte de Chambord, représentant pour lui l'autorité indiscutable, il aban·donna ces dernières fonctions en 1852.

Il avait, du reste, dès lors, transporté son domicile habituel dans sa propriété des Côtes-du-Nord; aussi, c'est dans cette région, comme il avait déjà fait dans celle de Vitré, qu'il s'occupa de donner des soins assidus aux améliorations agricoles, auxquelles il attachait non moins d'importance pour le bien général que pour son intérêt propre, présidant successivement les comices agricoles de Châteaubourg, (Ille-et-Vilaine), et de Matignon, (Côtes-du-Nord), et prenant toutes les initiatives utiles aux progrès qu'il s'efforçait de promouvoir autour de lui. C'est dans ce même but qu'il prit celle de la construction, par actions, du pont du Guildo, immense bienfait pour le pays, jusque-là déshérité de toute communication en ce point si important, et qu'il s'unit à plusieurs hommes de bien, notamment ses amis MM. de Kerdrel et Louis de Kerjégu, pour faire revivre l'ancienne *Association bretonne*, tombée par l'hostilité du gouvernement impérial, œuvre à laquelle il coopéra, dès le principe, comme trésorier général, et qui devint bientôt florissante, sans que les circonstances politiques lui aient permis d'atteindre tout ce qu'en attendaient ses nouveaux fondateurs.

Entre les œuvres charitables qui lui sont dues, mon père compléta la fondation de ses parents à Saint-Potan, en pourvoyant, par de nouveaux édifices construits par lui, au dédoublement de l'école, — précédemment école mix-

te, — édifices comprenant les bâtiments aujour-
d'hui affectés aux classes de l'école religieuse
des filles, et celui qu'occupe l'école libre des
garçons. Il fondait également, dans la paroisse
de Saint-Jean-sur-Vilaine, une école religieuse
(école mixte dans le principe) qui devait être
dirigée par des institutrices congréganistes, et
qu'il dota d'une rente annuelle de 250 fr., au
capital de 5.000 fr., ayant soin d'indiquer,
dans ses dernières volontés, qu'une partie des
sommes affectées à ces différentes œuvres
lui ont été remises à titre de fidéi-commis, et
en confiant lui-même, au même titre, la continuation aux uns ou aux autres de ses enfants,
avec liberté pour ceux-ci et leurs successeurs,
d'affecter, dans la suite, à une destination
pieuse ou charitable, ce qui pourrait leur
revenir pour eux-mêmes, en vertu de ce principe, et suivant l'emploi qui leur paraîtrait
le plus utile et le plus convenable, selon les
circonstances.

Mon père était essentiellement un homme
pratique, et, dans ce qui regardait ses œuvres même de bienfaisance, il tenait à leur
assurer le maximum d'effet utile et surtout de
durée, en prenant toutes les précautions que
pouvait suggérer une prévoyance éclairée,

précautions qui furent quelquefois à peine suffisantes devant l'astucieuse invention des adversaires de toute idée chrétienne.

On ne doit pas oublier, quant au bien qu'il a fait et aux services qu'il a rendus à toutes les heures de sa vie, les jeunes parents dont il assuma, à différentes fois, la tutelle, sans regarder à sa peine, prodiguant des soins à leur éducation, à leur établissement, à la gestion de leurs biens et à la sauvegarde de tous leurs intérêts ; ceux dont il accepta de faire exécuter les dernières volontés, ou de régler les différends, arbitre toujours respecté ; ceux enfin qu'il aida de ses conseils et de ses lumières, dans leurs affaires de tout genre, tant dans le cercle de sa famille qu'en dehors d'elle et à tous les degrés de l'échelle sociale.

Ainsi arriva-t-il au terme de sa carrière, éprouvé, dans les dernières années, par de pénibles infirmités, mais, malgré cela, toujours actif, car, ayant à peu près perdu l'usage de ses membres, huit jours encore avant sa mort, il se faisait porter à bras, sur son domaine, pour y veiller à des travaux agricoles qui n'avaient pas cessé de l'intéresser. C'est là qu'il fut frappé par une crise qui l'emporta le 1er juillet 1888.

Il était à l'agonie, touchant à son dernier soupir, quand, d'une voix faible et entrecoupée, paraissant sortir comme d'un rêve, il m'appela au milieu de la dernière nuit, pour me dire ces paroles suprêmes que j'ai recueillies sur l'heure: « A tous ceux qui ne sont pas là, à tes enfants, à tes frères par le sang ou par l'amitié... tu rediras... qu'ils restent toujours fidèles... à Dieu... au Roi... à la Patrie... à la Religion; chrétiens fermes... inébranlables... » *Inébranlables*, repris, cette fois, d'une voix vibrante, extraordinairement forte, que je n'oublierai jamais ; puis: « *Deus requies mea et habitatio mea* », paroles d'un psaume que sa mémoire ne lui permit pas d'achever, et dont il me demanda de lui rappeler la suite. Après quoi, ranimé pour un moment, il expira au bout de quelques heures, dans la matinée même.

XXVI. — MADAME RIOUST DE LARGENTAYE

CAROLINE-MARIE-THÉRÈSE du Breil de Pontbriand, née le 28 octobre 1802, sœur aînée de mon père, mariée dans la chapelle de la Brousse-Briantaye, le 29 septembre 1818, âgée de seize ans à peine, à Marie-Ange Rioust de

Largentaye, petit-fils de notre glorieux Léo-
nidas de 1758, Jacques Rioust des Ville-Au-
drains, qui prépara la grande victoire de
Saint-Cast, par son héroïque défense du pas-
sage du Guildo contre toute l'armée anglaise, à la tête d'une poignée de volon-
taires.

Elle fut dans son pays, dès le temps de sa
jeunesse, et resta toute sa vie un exemplaire
achevé des vertus de tout genre ; vertus de
famille, d'abord, dont je puis témoigner en
connaissance spéciale, car elle me prodigua
tous les soins d'une mère, avant même que je
fusse orphelin de la mienne ; piété exquise à
la fois tendre et éclairée ; patience et résignation parfaites, dans les épreuves, qui ne
lui furent point épargnées, entre autres la
perte de son plus jeune fils, Frédéric, enlevé
prématurément, au mois de mars 1850, « jeune
homme arrivé à la perfection dès l'âge de
vingt-cinq ans », et dont il ne faut point
oublier les dernières paroles : « Dieu seul
connaît ce que je souffre en voyant pleurer à
cause de moi mon père, ma mère et tant de
chers amis ; et pourtant le plus grand sacrifice qu'il me demande, c'est de me rappeler à
lui avant de m'avoir employé pour la gloire de
son Eglise » ; charité qui la portait à soulager

enfin et par dessus tout toutes les misères, en
se prodiguant elle-même, sans rien épargner
des richesses qui lui avaient été départies, soit
pour soulager les infortunes du prochain, soit
pour les œuvres chrétiennes, telles que monu-
ments élevés à la gloire de Dieu, ou fondations
pour l'éducation de la jeunesse, particulièrement à Saint-Lormel, sa paroisse.

Elle vécut ainsi, languissante dans ses dernières années, et veuve depuis 1856, jusqu'au
27 août 1869, qu'elle décéda elle-même au château de Largentaye. Son frère, François du
Breil de Pontbriand de Marzan a rappelé qu'à
ce moment, elle était occupée à soigner, autant que ses forces le lui permettaient, et surtout à consoler l'enfant de pauvres gens vivant sur ses domaines, la jeune Marie-Josèphe le Moyne, longtemps menacée de perdre
la vue, et maintenant arrivée au point d'être
déclarée par les médecins sans espoir à cet
égard.

Une dernière fois, la mère vint visiter celle
qu'elle appelait « la sainte dame. »

— « Ecoute, lui dit celle-ci, puisque c'est la
volonté de Dieu, je ne me lèverai plus pour
aller soigner ta petite aveugle ; mais je te pro-
mets une chose, c'est que, si j'ai quelque

jour, un peu de crédit auprès de Dieu, *tu le sauras.* »

A dix jours de là, le surlendemain du décès, de Madame de Largentaye, l'enfant était plus mal que jamais, non seulement de ses yeux, mais d'une fièvre qui, hors de là, la consumait ; or, tout à coup, pendant que les cloches paroissiales sonnaient *les élévations* de la messe — c'était un dimanche, — la petite martyre se lève de la chaise où elle était assise, et s'écrie : « Maman, je n'ai plus mal, *je vois mes mains qui sont blanches!* » La guérison était parfaite, et ne se démentit pas depuis.

M. de Marzan n'ose pas déclarer qu'il fallût voir là un miracle proprement dit, mais il ajoute : « Je ne saurais oublier non plus, que..., à l'instant même où Marie-Josèphe fut guérie d'une manière si étonnante, Colas, le piqueur de M. de Largentaye, vit son enfant *de trois ans*, marcher pour la première fois. Plusieurs autres encore obtinrent des faveurs et des grâces par l'intercession de la bonne défunte », et il rappelle ce que lui a déclaré, après quatorze ans, la mère de la jeune aveugle : « Tous les soirs, lorsque je l'embrasse, après la prière, je ne me lasse pas de redire la parole de bénédiction tombée sur elle et sur moi des lèvres mourantes de ma chère maîtresse : « Si, dans l'autre vie, j'ai quelque pouvoir auprès de Dieu, *tu le sauras.* » (1).

XXVII. — LA TANTE MARIE-ANNE.

MARIE-ANNE-RENÉE du Breil de Pontbriand. — Encore une sœur de mon père, celle-ci née au château de la Villerobert, en Pluduno, (habitation du colonel de Pontbriand, frère de mon grand'père), le 8 septembre 1804. C'est elle qu'on a vu conduite à Bamberg, par ses parents, en 1822, au prince Alexandre de Hohenlohe, dont on réclamait la pieuse intercession, dans une grave affection qui semblait devoir la priver de la vue. La guérison complète ne fut pas obtenue ; mais la vision, quoique très affaiblie, ne fut pas abolie, et lui resta, dans cet état d'infirmité, le demeurant de ses jours.

---

1. *Souvenirs de la mort de M. Rioust de Largentaye, et de celle de sa mère, née Caroline du Breil de Pontbriand.* — 1894. — Mme du Parc-Michaud, à qui cet écrit était adressé répondit à l'auteur : « Votre famille est sainte, et les survivants ont la presque certitude de revoir au ciel ceux qui partent avant eux. »

On voit par les lettres de sa mère, combien cette enfant, naturellement enjouée, garda quand même son premier naturel, malgré le surcroît d'épreuves qui vint bientôt s'ajouter à son infirmité et rendre sa santé de plus en plus chancelante. La piété et l'exercice de la charité la consolèrent, dans la mesure du possible, des joies de ce monde, dont elle se trouvait privée.

Elle s'adonna principalement à l'instruction des jeunes enfants de son voisinage, que ne lui interdisait pas la demi-cécité dont elle était frappée. L'enseignement du catéchisme, de l'histoire sainte, la lecture même, étaient encore de sa compétence dans une mesure à peu près suffisante. Elle pouvait surtout, par son exemple et les instructions orales, former cette jeunesse à la piété, et, chaque jour, l'école de *Mademoiselle Marie-Anne* s'ouvrait à ces petits, la plupart du temps dans sa propre chambre, au château de la Brousse, ou dans un local annexe, spécial à cet usage. Il vint cependant un instant où peu s'en fallut que cette unique consolation lui fût enlevée. Nous avons vu que ses parents avaient fondé, dans la commune de Saint-Potan, une école religieuse, publique et gratuite, et elle-même s'était largement associée à cette bonne œuvre ; mais

il y avait des règles imposées par l'administration ; les institutrices devaient être breve-
tées, ou au moins autorisées. « Mademoiselle
Marie-Anne » ne répondait point, et ne pouvait répondre à ces conditions, de sorte que
l'école-même, dont elle était en grande partie la fondatrice, (1) menaçait d'entraîner la
fermeture de celle tenue par elle-même. La
difficulté fut levée ou tournée, en obtenant
qu'il lui fût délivré, sans autre examen, un
brevet, peut-être un peu de complaisance,
mais cependant, on en conviendra, assez amplement mérité.

Parmi les élèves de « Mademoiselle Marie-
Anne » (1), l'un d'eux, tout au moins, le digne
abbé Hamon, aujourd'hui recteur de Saint-
Mayeux (Côtes-du-Nord), a rendu un trop
juste hommage à cette pieuse et dévouée ins-
titutrice de son jeune âge, pour que nous ne
le rappellions pas. Il raconte, dans un de ses
opuscules de haute édification, non seulement
les soins dont elle entourait ses pupilles, mais
comment, tous les jours, avant de leur ouvrir

1. Outre que l'acte de donation définitif fut passé
sous son nom et sous sa garantie, elle avait grande-
ment facilité et accru l'importance de cette donation
elle-même par son concours personnel.

son « école », elle commençait par franchir, presque toujours à pied, accompagnée d'une simple servante, une distance de près de trois kilomètres, pour entendre la messe de sa paroisse, cela souvent malgré les plus rudes intempéries.

Ce modeste dévouement est sans doute parmi les plus humbles, mais non parmi les moins méritoires. Il ne prit guère fin qu'à la mort de la bonne tante Marie-Anne, 28 juillet 1874.

XXVIII. — MA SŒUR CAROLINE

Ce qui suit est extrait textuellement (sauf quelques mots explicatifs faciles à distinguer à la lecture), d'une notice plus étendue, rédigée par une compagne en religion et amie très intime de toute heure, Madame de Montalembert, dite Madame *Catherine*, digne fille de notre grand orateur catholique, sous le titre de « *Souvenirs de la vie de Caroline du Breil de Pontbriand, religieuse du Sacré-Cœur* » :

« CAROLINE-LOUISE-MARIE du Breil de Pontbriand, naquit au château de la Brousse, le

30 novembre 1841. Ses premières années se
passèrent à la campagne, sous les yeux d'une
mère éminemment chrétienne, dont tous les
soins tendaient à former de bonne heure ses
enfants à la piété... Une étroite et sainte amitié l'unissait (celle-ci) à Madame de Chalais, alors maîtresse générale au pensionnat
(du Sacré-Cœur) de Laval. C'est à elle que
Madame du Breil confia ses filles aînées, le
25 octobre 1849 : « Vous en serez la mère, lui
« dit-elle, les autres vous seront aussi con-
« fiées ; me voilà tranquille maintenant » ; et
son regard semblait ajouter : « Ma mission est
remplie ; je puis mourir en paix ». Quelques
mois après, elle mourait, en effet, dans la paix
du Seigneur, qu'elle avait fidèlement aimé et
servi sur la terre.

« Malgré son très jeune âge, Caroline res-
sentit cette première douleur avec une in-
tensité dont le temps n'a jamais rien effacé, et
qu'elle a accompagné toute sa vie de la plus
tendre vénération.... Elle acquit bientôt ce
quelque chose de sérieux qui ne nuisait en
rien à son enjouement, en même temps que,
à son insu, elle prenait un suave ascendant
sur ses compagnes. Voici le témoignage que
lui rend l'une d'elles : « ..... Nous sentions en

elle quelque chose de fort, de ferme dans le devoir, qui n'est ordinairement pas le partage des enfants..... »

« Ce fut pendant son éducation que l'appel de Jésus-Christ retentit dans son âme. Depuis sa première communion, elle pressentait la volonté divine...

« Lorsqu'elle quitta le pensionnat de Laval, elle était donc toute décidée à entrer au Sacré-Cœur lorsque l'heure de la Providence serait venue. — Cette heure ne sonna que huit années plus tard. — Caroline avait une mission délicate et importante à remplir dans sa famille, à qui Dieu voulait accorder quelque temps la jouissance de cette enfant de bénédiction.

« En vérité, elle était pleine de grâce devant Dieu et devant les hommes, au moment où elle revint parmi les siens. Oui, elle offrait, à dix-neuf ans, un exemplaire de perfections rares ; la réunion des agréments extérieurs et des qualités les plus solides et les plus attachantes... Portée naturellement aux choses sérieuses, elle n'en avait pas moins une sérénité constante, une égalité d'âme et d'humeur qui firent le charme de son intérieur...

« Tous, et dans toutes les conditions, l'entouraient d'une affection voisine de la vénération.

« Aimant peu le monde, elle y était pourtant aimable et recherchée..., et sa réserve aisée et gracieuse imprimait autour d'elle un respect indéfinissable dont nul ne pouvait se défendre...

« C'est elle qui, après de longues années de douloureux souvenirs, adoucit les heures de tristesse et ramena le bonheur dans la vie de son père...

« Les petits et les simples, les pauvres, ceux qui étaient disgraciés de la nature, semblaient encore attirer la bienveillance particulière de Caroline; et surtout le soin des malades devint son œuvre de prédilection. Elle surveillait l'emploi des médicaments qu'elle distribuait chaque jour, pansant avec une rare dextérité des plaies dont la vue seule faisait horreur...

« Cette part déjà belle aux yeux de la foi, cette vie remplie pour le temps et pour l'éternité, ne suffisaient néanmoins pas à la générosité de Caroline.....

« En 1865, elle suivit à Rennes (où Madame de Chalais se trouvait alors) la retraite des enfants de Marie. La maison entière, et le prédicateur lui-même (le père Hubin) furent embaumés du parfum de vertu qu'elle répandait autour d'elle : « Que de trésors il doit y avoir dans cette âme! Que de bien elle est appelée à faire! » répétait-on...

« La voix de Dieu la pressa plus vivement après cette retraite...

« Sans attendre davantage, elle s'ouvrit à son père...

« Le consentement désiré fut la réponse qu'obtinrent ses instances dont la vivacité n'otait rien au respect et à la tendresse la plus filiale. Des circonstances particulières obligèrent à remettre son départ au mois de septembre suivant. Mais ce terme était irrévocablement fixé... Elle s'arracha courageusement à cette maison paternelle dont elle avait été si longtemps le rayon, l'éclat et la douceur...

« Selon le désir exprimé par Caroline, ce fut au Sacré-Cœur de Laval, entre les mains de Madame de Chalais, que son père la remit, le 15 septembre 1866. Peu de jours après, elle partait pour Conflans, conduite par celle qui avait été sa seconde mère...

« Dès les premiers jours de son apostolat, Caroline devint le modèle de ses sœurs...

« Les vertus religieuses, le silence, la modestie, formaient son vêtement et sa parure, alors même qu'elle portait encore son costume du monde, avec ce goût parfait, ou plutôt

cette dignité pleine de grâce qu'elle faisait
paraître en toutes choses.

« Le 14 janvier 1867, elle revêtit la livrée
de Jésus-Christ dans une ferveur soutenue
mais calme et réfléchie...

« Le Seigneur, qui devait sitôt interrompre
ses travaux, permit qu'elle exerçât, pendant
sa vie de novice, un véritable apostolat...
Encore postulante, on l'avait chargée de seconder les infirmières dans ces fonctions que
sa charité lui avait rendues si familières... A
tout elle voulait le cachet de la perfection...
Chargée, comme autrefois le bienheureux
Berchmans, de présider, disons mieux de servir toutes les sœurs novices, dans leurs travaux matériels, elle s'acquittait de ces fonctions si communes d'une manière non commune...

« En sa qualité de mère des orphelines, la
Sainte-Vierge était naturellement l'objet du
culte de prédilection de Caroline. C'est sans
doute afin de l'entourer d'un plus grand
amour qu'elle fit en son honneur le vœu suivant trouvé écrit de sa main :

« 8 décembre 1868,

« Ma bonne mère... Je dépose à vos pieds

« le vœu d'abandon de toutes les indulgences
« que je gagnerai pendant ma vie et de tou-
« tes celles qui me seront appliquées après
« ma mort..... Je m'abandonne dans la vie et
« dans la mort à votre amour et à la miséri-
corde de mon Jésus. »

«.... Si les siens avaient perdu le charme
de sa présence, ils avaient conservé la solli-
citude de son cœur et le bienfait de son influence. Pour eux, Caroline resta un centre où
ils trouvèrent toujours la lumière du conseil
sage et la douceur d'une sainte affection....
Dans l'éloignement, ses lettres témoignaient
en toute circonstance de sa participation
pieuse et éclairée pour tous les intérêts de ses
proches. Elles devraient être citées en entier
pour donner une idée complète de ce qu'a été
ce cœur, où le sacrifice entier des plus légiti-
mes jouissances s'est allié parfaitement à une
inépuisable chaleur de dévouement, à la plus
délicate reconnaissance pour son père, à qui
elle aimait à rapporter les grâces dont son
éducation avait été le principe pour elle....

« Quant vint le moment de la consécration
religieuse, elle ne pouvait contenir sa joie,
qu'elle voulut aussitôt partager, comme toujours, avec les siens.

« Elle s'adresse ainsi à son père (à différen
tes fois) :

«..... Je suis vraiment *heureuse*, sans regre
« pour le passé, sans inquiétude sur l'avenir
« J'arrive à ce moment avec un calme parfait
« un bonheur sans mélange. Il est vrai que
« pour arriver là, il faut le sacrifice. Il fai
« partie de notre vocation. »

«.... Permettez-moi de vous exprimer ui
« désir. Je voudrais bien que le jour de me
« vœux, les pauvres *que j'ai aimés* se réjouis
« sent par quelque distribution particulière
« Ces aumônes remercieront Dieu des grâce
« qu'il daigne m'accorder.....

« J'ai toujours envisagé la vie religieuse ai
« point de vue sérieux. Bien jeune encore
« elle m'a paru quelque chose de grand e
« d'élevé par ce dévouement à Dieu et aus
« âmes, par cette immolation, ce sacrific
« constant. Plus je suis dans ces réalités, plu
« mon âme en est éprise. Vraiment ces joie
« de la foi me semblent seules enviables
« Loin de regretter qu'il n'en existe plus d'au
« tres pour moi, j'en suis heureuse, et ce mo
« de *bonheur*, prononcé si rarement avec vé
« rité sur la terre, est dans mon cœur à l'éta
« de réalité.

«..... Je ne crois pas vous faire de peine ei

« vous parlant ainsi ; il me semble au con-
« traire vous consoler en vous donnant une
« sécurité complète sur cette carrière où j'en-
« tre aujourd'hui non avec l'exaltation d'une
« ferveur sensible et passagère, mais avec les
« convictions de la foi et sans aucune illusion
« sur la vie que j'embrasse. Plus je les vois de
« près, plus je bénis Dieu de m'y avoir appe-
« lée.

« Et quand je me demande d'où me vien-
« nent ces grâces, ma pensée se tourne, com-
« me pour tout ce qui m'arrive d'heureux,
« vers ma sainte mère, qui, j'en suis sûre, se
« réjouit et me bénit...... »

« Voyant (à certain temps de là), quelques-
unes de ses sœurs s'attrister à la pensée de
quitter le noviciat : « Il faut avoir du courage,
« leur disait-elle ; nous ne sommes pas venues
« pour rester novices, mais pour nous dé-
« vouer à Notre-Seigneur et pour travailler
« beaucoup. »

« Ce vœu ne devait point être exaucé. Au
bout de six mois passés au *juvénat*, dans
l'exercice de devoirs à peu près semblables à
ceux du noviciat et dans la pratique des mêmes vertus, elle partait pour la maison de la
rue de Varennes. L'une de nous se souvient

qu'au moment de cette disparition, ayant adressé à Caroline cette parole : « Nous nous « retrouverons, n'est-ce pas ? » elle en reçut cette réponse : « Si le Maître le veut ! »

« Bien peu de jours s'écoulèrent pour Caroline au milieu de la carrière nouvelle de l'éducation et du travail extérieur, pour laquelle elle montrait tant de dévouement. Notre-Seigneur se contenta de cette volonté...... Sa tâche était accomplie.

« La rentrée avait lieu le 6 octobre. Le surlendemain, à l'issue de sa classe du soir, notre sœur se sentit assez souffrante pour devoir en avertir sa supérieure.... Tous les soins habituels en pareille circonstance lui furent aussitôt prodigués, et la nuit fut tranquille ainsi que la matinée suivante. Par précaution, plus que par nécessité, le médecin lui défendit de quitter sa chambre, malgré le désir qu'elle exprimait de ne pas interrompre son travail. Elle souffrait encore, mais sans fièvre et sans aucun symptôme capable de faire pressentir le moindre danger....

« La sécurité était donc complète, lorsque, vers une heure de l'après-midi, la sœur infirmière, revenant, après une courte absence, auprès de notre bien-aimée malade, fut frappée de la pâleur mortelle et du changement subit de son visage....

« Déjà le froid de la mort envahissait ses membres... La supérieure, aussitôt avertie, accourt, l'appelle, lui prend la main, implore au moins un mot, un signe ; tout reste sans réponse. L'aumônier de la maison entre à son tour, lui donne une dernière absolution et une onction générale. Elle jette un regard autour d'elle pendant la cérémonie, et ses yeux se referment doucement à la lumière temporelle, pour s'ouvrir aux splendeurs divines, désormais sa demeure et son éternel repos.

« C'était le 9 octobre, un samedi, un peu avant deux heures. » (1).

Et l'auteur de la notice termine pas ce *post scriptum* :

« Comment exprimer la douleur, le saisissement de ceux qui l'ont aimée ! Que penser en présence de l'enlèvement mystérieux qui l'a si tôt ravie à l'affection et aux espérances dont elle était l'objet ! On repassait ces vingt-

1. Je me souviendrais toujours qu'une nuit de ce mois d'octobre 1869, on m'apporta en même temps deux télégrammes. Le hasard me fit ouvrir d'abord l'un d'eux contenant ces mots auxquels je ne comprenais rien : « Notre Caroline est au ciel. » L'autre me fit pressentir la douloureuse explication.

sept années, si courtes, si remplies d'œuvres
vivantes, les exemples non interrompus laissés à ses deux familles selon la nature et selon
la grâce. On se rappelait le zèle de cette âme
ornée de dons célestes, dont l'éclat traversait
l'ombre où elle prenait soin de vivre. Puis,
en sondant ses dernières pensées, sa supérieure se souvint qu'elle avait, tout récemment,
sollicité l'autorisation d'une neuvaine de répa-
ration en vue d'une âme dont la chûte venait
d'attrister l'Eglise, et avec elle tous les cœurs
de ses enfants. Que s'est-il passé entre Dieu
et son épouse fidèle pendant ces jours de pénitence et de supplications ? Elle n'en a point
fait la confidence. Mais n'est-il pas permis de
croire que Dieu a agréé son offrande, et qu'a-
vec ses actes, il a pris sa vie, afin de rendre
son intercession plus puissante, son âme plus
heureuse, et la récompense plus magnifique ? » (1)

1. Si l'offrande fut acceptée, ce ne fut pas cependant, hélas ! suivant les vœux qu'on a pu en croire
le principe.

Il est difficile de ne pas joindre à ces souvenirs de notre Caroline quelque chose de ceux que nous a laissés sa plus jeune sœur, tant la conformité des uns et des autres est pour ainsi dire parfaite.

CLAIRE-MARIE du Breil de Pontbriand, dernière de huit enfants, était née au château de la Chaussée, près Vitré, le 17 août 1849. Notre mère lui fut enlevée dès le berceau, et comme celle-ci avait été pour Caroline l'exemplaire idéal sur lequel toujours sa vue avait été fixée, ce fut Caroline elle-même qui demeura pour Claire le pôle directeur, après qu'elle eut guidé maternellement ses premières années. Ce ne fut pas cependant sans quelques préliminaires assez ingrats, car l'enfant, remarquablement intelligente, annonçait un caractère indépendant, même un peu farouche, qu'il fallut dompter d'abord par une certaine sévérité. L'influence des sœurs aînées, puis celle de l'éducation au Sacré-Cœur, où elle les avait suivies, eurent une grande part à ce redressement, qui fut bientôt complet, et ne laissa plus, à son retour définitif dans sa famille, qu'une jeune fille sérieuse, inclinée à

tous les dévouements. On le vit surtout quand
vint l'heure, pour Caroline, de se consacrer à
Dieu. Un même attrait l'eût portée probablement, — nous dirons même certainement, — à
suivre cet exemple ; mais elle comprit quels
autres devoirs lui incombaient, qu'elle place
à remplir laissait l'absente auprès de tous les
siens et dans le pays tout entier qui avait
perdu sa véritable providence. A plusieurs
reprises, elle parut hésiter, et si elle se contenta d'une part moins parfaite, à quelques
yeux, que celle de Marie de Béthanie, ce ne
fut pas la moins méritoire pour ceux qui ont
expérimenté la perfection de son dévouement
et le détachement absolu de toutes choses de
la terre dans lequel elle a vécu pendant plus
de quarante années.

Un trait d'humilité chrétienne, ou, si l'on
veut, de fraternité rappelant la primitive
église, mérite, entre autres, d'être noté. De
bonne heure elle avait tenu à s'affilier au
Tiers ordre de Saint-François d'Assise ; or
elle avait à son service une pieuse personne
qui voulut suivre sa trace et partagea la
même dévotion. Elle lui dit alors: « Nous sommes maintenant égales », et la fit, non sans
peine, asseoir à sa table en cette qualité.

Son modèle, ai-je dit, était en tout son

angélique sœur Caroline ; j'en trouve une démonstration particulière dans le vœu presque extraordinaire de celle-ci, rapporté sous la date du 8 décembre 1868, vœu qu'elle voulut imiter par un renoncement semblable (1).

Quand elle mourut, au Gué, le dimanche 11 janvier 1891, enlevée par une pneumonie infectieuse, qui l'avait atteinte en pleine santé, elle nous laissa quelques recommandations qui témoignaient de pressentiments singuliers, comme si sa fin prochaine lui avait été révélée surnaturellement.

Puissent mériter d'aller la retrouver un jour ses aînés qu'elle a devancés de si tôt !

XXIX. — JULIE DE PONTBRIAND

JULIE-MARIE-CAROLINE-PHILOMÈNE du Breil de Pontbriand, fille d'Hippolyte-Marie, vicomte Hippolyte de Pontbriand, et de Julie-Marie-Louise de la Noüe, née au château de la

1. Elle nous recommanda de ne point faire prier après sa mort, à son intention spéciale, mais seulement pour la généralité des âmes abandonnées dans l'autre vie.

Villeguérin, en Pluduno, le 7 mars 1843, avait toujours montré un attrait très spécial pour la vie religieuse, dont elle fit un essai chez les dames de Saint-Vincent de Paul, mais sans que sa mauvaise santé lui permît de le poursuivre. Rentrée dans sa famille et adonnée à toutes les œuvres pieuses et charitables, dans la mesure d'activité que ses forces lui permettaient encore, elle fut atteinte, en 1878, d'une affection oculaire qui ne tarda pas à devenir fort grave. Après de longues et cruelles souffrances, supportées avec une admirable résignation, après un traitement et des opérations peut-être plus douloureuses que le mal lui-même, il devint bientôt évident pour les médecins qu'elle était condamnée à perdre la vue par suite d'amaurose et d'amblyopie. La vision de l'œil gauche se perdit d'abord et demeura abolie pendant trois ans, puis celle de l'œil droit fut également atteinte, et la cécité était complète depuis plusieurs semaines, au mois de juillet 1882, sans ressources humaines, au dire des spécialistes (1).

1. Suivant déclaration des docteurs Barbé-Guillard, Bréhier et Delon, réunis en consultation le 14 août 1882. Les mêmes revirent la malade le 5 septembre et constatèrent que sa vue avait retrouvé une acuité parfaite, distinguant nettement les plus petits

Elle, cependant ne désespérait pas et le déclarait au docteur Barbé-Guillard, de Dinan, en lui disant son intention, à défaut des secours de l'art, d'aller implorer celui de la Vierge de Lourdes ; à quoi l'éminent praticien lui répondait : « Mademoiselle, si vous revenez guérie, vous pourrez bien dire, en effet, que ce sera un miracle. »

Le miracle eut lieu cependant, le 20 août 1882, instantanément, à la suite d'une deuxième immersion dans la piscine providentielle, la première n'ayant produit qu'une impression plutôt douloureuse, cela en présence et au vu de plusieurs centaines de témoins, dans des conditions qui ne pouvaient permettre ni doute ni même discussion. On remarqua surtout que, non seulement la vue était complètement recouvrée, mais que toute trace des opérations chirurgicales qui avaient martyrisé si longuement la pauvre jeune fille, avait disparu du même coup.

Le retour fut triomphal, mais la puissance divine voulut sans doute montrer une fois de plus que de semblables prodiges sont accom-

objets et lisant sans peine les caractères de l'écriture la plus ténue.

plis pour la manifester aux yeux de tous,
plutôt que pour le seul profit de ceux qui pa-
raissent en bénéficier. En effet, la pauvre mi-
raculée, toujours parfaitement indemne quant
à la vue qu'elle avait ainsi recouvrée, ne tarda
pas à être affligée d'une autre épreuve et à perdre, à la suite d'un épanchement de synovie,
l'usage d'un de ses membres, état dans lequel
elle est demeurée jusqu'à sa mort arrivée subitement le 17 juillet 1898, louant toujours
cependant, jusqu'à sa dernière heure, Dieu et
sa sainte Mère de l'avoir choisie pour faire éclater publiquement leur merveilleux pouvoir.

XXIX. — LE MARQUIS DE RAYS.

CHARLES-MARIE-BONAVENTURE du Breil, marquis de Rays, né au château de Quimerch,
en Bannalec, le 2 janvier 1832, était le dernier
représentant d'une branche distinguée par ses
services, ses alliances illustres et les posses-
sions de grands biens, quoique ceux-ci se fussent trouvés très diminués par suite des événements de la Révolution.

Son quatrième aïeul, Guillaume-Dinan du

Breil, avait obtenu par lettres patentes du mois
de novembre 1683 (1) l'érection en comté des
terres de Rays et du Plessis-Balisson, unies
sous le nom de Rays, et le fils de ce premier titulaire, Charles, titré lui-même marquis
de Rays, avait transmis ces terres à la maison
de Rohan, en mariant sa fille unique, Yvonne-
Sylvie du Breil, à Guy-Auguste de Rohan-
Chabot, lieutenant-général, son second fils,
d'où est sortie, depuis lors, toute la suite des
ducs de Rohan.

Nous ne voudrions pas affirmer que l'infortuné marquis de Rays ait été, à proprement
parler, un saint à canoniser ; cela, en effet,
nous n'en savons rien ; mais il fut certainement un martyr, martyr de nos tristes gou-
vernants d'alors, et plus exactement encore
de la *Franc-maçonnerie*. Il suffit, pour s'en
convaincre, sans aborder encore les circonstances de son inique procès, de le rapprocher
de celui de l'*Union générale*, qui se déroulait
au même moment. Il n'en faut pas davantage,
pour être persuadé que les deux complots furent préparés et poursuivis par les mêmes

1. Erection renouvelée, à cette date, en faveur de
Guillaume Dinan, frère de François-Claude, qui
l'avait obtenue lui-même, au mois de juin 1680.

mains, comme ils le furent par les même:
voies et dans le même but d'écrasement de
toute œuvre où pouvaient être engagés de:
intérêts catholiques ou seulement chrétiens
Rien ne devait être épargné pour cela, priso
préventive afin de faire tout crouler dès l'a
bord, extradition obtenue sous les plus falla
cieux prétextes, entraves mises à la défense
manœuvres dont le point de départ était trop
clair et l'aurait été davantage, si les publica
tions de Drumont eussent déjà commencé :
faire la lumière devenue depuis si éclatante

Le jeune de Rays fit ses études, à Rennes
au collège Saint-Vincent, et, comme depui:
on a prétendu qu'il n'avait jamais eu l'inten
tion sérieuse de coloniser, que ses tentative:
apparentes n'avaient été qu'un masque der
rière lequel se cachait un simple chevalie
d'industrie, il faut redire ce qu'écrivait de lu
plus tard, un de ses condisciples de cette épo
que, le savant abbé Paris-Jallobert : « Je m
suis rappelé que sa vocation de *colonisateu*
ne datait pas seulement du jour où il s'es
lancé dans cette vaste et périlleuse entreprise
Tout jeune encore, et particulièrement alor
qu'il était au pensionnat de Saint-Vincent d
Rennes, une carte géographique devant lui

il étudiait les lieux les plus abandonnés du
globe, et pendant les récréations, il se plaisait
à entretenir ses condisciples de ses projets
naissants, ce qui lui avait mérité le surnom de
Patagon. — L'infortuné Patagon ! »

Cependant, il commença par de nombreux
voyages d'exploration. Il chercha sa voie en
Amérique, au Sénégal, en Indo-Chine et à
Madagascar. Il crut l'avoir trouvée en fixant
sa vue sur certaines îles inoccupées de l'O-
céanie, terres libres par conséquent pour les
projets de colonisation que pouvaient poursuivre les nations, et même les individus ar-
més d'un courage suffisant. Son premier appel par la voie des journaux date de 1877, appel encore vague, qui fut suivi de circulaires
plus explicites et d'un *exposé général*, puis de
la constitution d'une agence établie à Paris au
mois de mai 1878. Vinrent ensuite des circulaires, des conférences, principalement à Mar-
seille, et, à partir du 15 juin 1879, la publica-
tion d'un journal mensuel, *la Nouvelle France* :
« Je veux coloniser pour Dieu et pour la
France. » Tel était, en résumé, le programme,
la pensée directrice, exprimée cent fois, et de
plus en plus chaudement accueillie par les
adhérents qui se multipliaient.

Quant aux voies et moyens : « Nous offrons par lots le terrain à coloniser, à tous ceux qui veulent bien nous accepter pour chef…. C'est à ceux qui, comme nous, croient au succès de l'entreprise, qu'il appartient d'accepter la valeur, *actuellement fictive*, que tous ensemble nous accordons à ces bons….

« Une direction constante, unique, toujours la même, est de toute nécessité.

« Cette direction ne peut appartenir qu'au fondateur même de l'entreprise, parce que seul il la possède dans ses détails les plus intimes. Toute l'administration doit être créée par lui. C'est de lui qu'elle relève…. » (1)

Donc, point de surprise ; rien de voilé. Un chef unique et suprême ; un pouvoir absolu, si l'on veut, mais accepté en connaissance de cause. Tout est clair, et les difficultés ne se montrent pas au premier moment. On croit pouvoir commencer à acheter des navires pour l'exécution, se fiant au moins sur le droit commun ; quand une circulaire TIRARD, du 24 juillet 1879, vient démasquer les hostilités, secrètement embusquées : «…. *J'ai décidé*…. que, jusqu'à nouvel ordre, il serait interdit aux agences d'émigration, *autorisées par mon*

---

1. Circulaire de la première heure.

département, d'engager des émigrants à destination de la colonie libre de Port-Breton... »
Sic volo, sic jubeo, et c'est tout. Devant cette hostilité de la mère-patrie, force fut d'avoir recours à l'étranger. L'Espagne offrit une bienveillante hospitalité, et c'est de Barcelone que furent dirigées, depuis, les opérations. Cinq grands vaisseaux et quatre autres moindres, avec six cents colons, partirent en quelques mois pour Port-Breton, au milieu de difficultés de tout genre, renouvelées sans cesse; d'excitations à la désertion plus ou moins habilement semées. Bref, on en vint à représenter l'entreprise comme dénuée de toute réalité, le terrain colonial même comme inexistant, quand de si nombreux adhérents y étaient déjà établis, le fondateur, enfin, comme un vulgaire escroc, dont on demande l'extradition à l'Espagne, en trompant son gouvernement sur les faits allégués, tellement que celui-ci se crut en droit de protester dans la suite.

Mais le tour, comme on dit, n'en était pas moins joué. Alors commença la période inouïe d'une prison préventive de vingt-sept mois, dont sept du plus dur secret; et on ne peut savoir jusqu'où cela se serait prolongé si les remontrances de l'Espagne n'avaient obligé à en venir enfin à un simulacre de jugement.

On peut dire que devant la magistrature
nouvellement épurée, l'arrêt était dicté d'a-
vance ; aussi la huitième Chambre correction-
nelle refuse de voir les comptes qui lui sont
présentés, en disant sans autres façons : « Pour
le condamner, nous n'avons pas besoin de voir
les comptes », et se hâte de prononcer, pour
soi disant escroquerie, une peine de *quatre
années d'emprisonnement.*

Appel intervient immédiatement, et, dans
les audiences qui se succédèrent du 22 avril
au 14 mai 1884, l'éloquent défenseur du pré-
venu, Mᵉ de las Cazes (1), après avoir détruit
toutes les allégations de la prévention ajou-
tait : « ...Il n'y a pas, en réalité, d'homme plus
indifférent que M. de Rays aux questions
d'argent ; sa vie toute entière le prouve. Il a
échoué en travaillant à une entreprise patriotique et civilisatrice, mais la gloire d'avoir
conçu ce grand projet, l'honneur d'avoir
essayé de le réaliser lui reste et, quoi qu'il
arrive, lui restera.

« Certes, depuis deux ans, M. de Rays a
bien souffert, il a vu sa vie entière scrutée et
sondée ; ses sentiments les plus chers méconn-
us et persiflés. Il a vu sa fortune écroulée,

1. Depuis président de la conférence Molé.

son bonheur éteint, son honneur méconnu,
et, quand il a offert de se justifier en appor-
tant ses comptes et montrant que, jusqu'au
dernier centime, l'argent de ses souscripteurs
avait été dépensé dans l'entreprise, on s'est
refusé à lui permettre cette preuve trop éclatante de son innocence (on lui a dit) : « *Pour
le condamner, nous n'avons pas besoin de voir
les comptes.* » Nul n'a été plus frappé que lui ;
et cependant, même au prix de tant de tris-
tesses, il ne voudrait pas n'avoir pas tenté
l'œuvre qu'il a tentée.

« C'est le sort commun, en France, de tous
nos colonisateurs grands et petits, illustres ou
obscurs, de se voir, de leur vivant, incom-
pris, persécutés et bafoués ! N'a-t-on pas souri
des projets de Dupleix ? N'a-t-on pas fait mon-
ter sur l'échaffaud Lally-Tollendal ? (N'a-t-on
pas fait mourir de Toncin à l'hôpital ? et Bau-
din qui, bien avant les Anglais, avait parcouru
une partie de l'Australie, n'a-t-il pas été traité
de fou et de visionnaire !) — Qui sait ? Quand
vous aurez laissé entrer l'étranger dans ces
archipels où M. de Rays avait commencé l'établissement de sa colonie ; quand ils auront,
dans ces parages, de riches comptoirs et d'opu-
lentes stations ; qui sait s'il ne surgira pas un
homme autorisé pour rendre justice à la pen-

sée de celui que je défends aujourd'hui ? Alors,
luira pour M. de Rays, l'heure souvent tardive
mais toujours assurée de la réhabilitation.
Alors, l'opinion publique, mieux éclairée,
cassera, et cassera pour toujours, les arrêts
rendus sous l'empire de préoccupations injus-
tes ou de préjugés ignorants. *Cette réhabilitation elle viendra;* M. de Rays le sait. *Cette
heure de la justice elle sonnera;* M. de Rays
n'en doute pas.

« Pour moi, Messieurs, je ne forme qu'un
vœu.

« Que ce jour-là, l'on n'ait pas à condamner
une décision de la Justice française ! »

Et à ce moment, la femme du noble défenseur, Madame de Las-Cases, traverse les rangs,
s'avance jusqu'au marquis de Rays, lui saisit
et lui presse longuement les mains ; cet exemple est suivi par toutes les dames qui se trouvaient dans la salle ; l'émotion est indescripti-
ble.

Il fallut remettre le jugement à huitaine
pour pouvoir écarter, sans d'unanimes protes-
tations, les conclusions de la défense.

Vint ensuite (ou plutôt avant le prononcé
du jugement), cet article vengeur, signé

J. Cornély, le Cornély du *Clairon*, « qui depuis... mais alors... » ; il disait :

« ...Depuis 18 mois, m'étonnant que la liberté, l'honneur et la santé d'un citoyen français fussent traités avec si peu de façon, songeant aux tortures morales et matérielles qu'endurait le prisonnier, connaissant le désespoir de sa famille ; voyant ses amis (alors on disait ses complices) atterrés par un malheur qu'ils partageaient, mais inébranlables dans leur foi en lui et en son œuvre, j'adjurais la justice de lui donner des juges...

« Aujourd'hui que cette lamentable odyssée touche à sa fin, je ne dis plus à la Justice : jugez, mais je tiens à dire aux juges : acquittez non seulement les prétendus complices, mais acquittez aussi le marquis de Rays. Acquittez ; car non seulement cet homme est innocent, mais son œuvre était *belle, patriotique* et *grandiose !* Non seulement il mérite la liberté, mais il mérite des éloges et des encouragements. Ce n'est pas le marquis de Rays qui devrait être condamné, c'est la Nation française, si malheureusement encline à flétrir *ses gloires* et à dévorer ses enfants.

« Ah ! cette affaire du marquis de Rays ! Avec quel soin, avec quelle anxiété je l'ai étudiée ; comme j'ai suivi, sans en perdre une

ligne, ces longs débats, ces élogieux réquisi-
toires, ces émouvantes plaidoiries !...

« Résumons en quelques lignes ce procès
colossal, avec ses nombreuses péripéties et
ses longueurs interminables.

« Le marquis de Rays, en 1877, conçoit
l'idée de coloniser avec des Français et au
profit de la France, avec des Catholiques et
au profit de la religion catholique, chrétienne,
des terres situées au nord de l'Australie dans
le Pacifique, faisant partie de la Nouvelle-
Guinée, qu'il baptise du nom de *Nouvelle-
France*... Pour coloniser, il faut de l'argent et
des hommes, le marquis de Rays demanda
l'argent et chercha les hommes...

« Dix-huit cent mille francs furent versés
entre les mains du Marquis. Avec ces dix-huit
cent mille francs, le Marquis équipa neuf
navires.

« Aussitôt le gouvernement français suscita
obstacle sur obstacle. Tantôt c'était les ports
de France qu'on interdisait aux navires, tantôt c'était les escales sur la route de la Nouvelle-Guinée qui devenaient pour eux des
obstacles insurmontables par la mauvaise
volonté des agents consulaires français, arrê-
tant les vaisseaux, débauchant les colons.

« Et pourtant, l'entreprise dura deux ans.

Six cents Français furent transportés là-bas.
Mais comment vouliez-vous qu'un seul homme, même avec dix-huit cent mille francs,
luttât à la fois contre les difficultés premières de toute entreprise coloniale, contre les
infidélités de ses agents, contre les distances
et contre le gouvernement de son pays?

« L'entreprise échoua. Les colons durent
s'en aller ; quelques-uns d'entre eux mouru-
rent de misère. Et de cette entreprise grandiose, il ne resta bientôt plus qu'un pauvre
homme traqué, réclamé à l'Espagne, extradé,
jeté à Mazas, et contre lui, pendant trois ans,
s'acharnèrent la haine, l'envie, le mensonge,
et cette chose plus terrible que tout cela, et
qui s'appelle l'*Ignorance*. Et pendant que
l'*Ignorance* affirmait que la *Nouvelle France*
n'existait pas, l'Italie proclamait sa fertilité
admirable ; la jeune et audacieuse colonie
anglaise du *Queensland* témoignait le désir
de se l'approprier.

« Vos îles sont chimériques », disaient ses
ennemis au marquis de Rays.

« Demandez à la Hollande, à l'Italie, à l'Allemagne », aurait-il pu répondre.....

« L'œuvre de calomnie et de mensonge
continuait. Une partie de la presse, acharnée
contre le Marquis, reproduisait toutes les

accusations et faisait le silence sur les défenses.

« On entassait les calomnies contre l'infortuné.

« On lui disait: Vous avez volé tout cet argent !

« Il répondait : « J'ai touché dix-huit cent « mille francs, j'ai dépensé à l'entreprise deux « millions cent mille francs; où est le vol ? »...

« Il y a eu à la Nouvelle-France, jusqu'à six cents enfants de la France, et vous n'avez constaté ce fait que pour flétrir celui qui les y a amenés. Et pas une fois, vous ne vous êtes occupés de savoir ce que devenaient ces six cents Français. Alors qu'à côté de vous l'Angleterre entière tressaille lorsqu'elle apprend qu'un de ses enfants a glissé et s'est rompu les côtes dans les Pyrénées.

« Au lieu de l'entraver, vous deviez aider, protéger, subventionner le Marquis. Vous deviez lui dire : Allez ; nos agents coloniaux sont à votre disposition, et derrière votre petite flotille, un vaisseau de l'Etat, armé en guerre partira.....

« Si vous aviez fait cela, savez-vous qu'aujourd'hui, peut-être, vous seriez les maîtres en Nouvelle-Guinée ?.....

« Il ne reste rien de l'échaffaudage d'accu-

sations amoncelées devant vous. Les défen-
seurs du Marquis les ont prises une à une, ils
les ont réduites en poudre.....

« Vous avez vu quels étaient les complices
du Marquis. La fleur des honnêtes gens ; des
hommes dont l'avocat-général lui-même était
obligé de proclamer, du haut de son siège
d'accusation, l'honorabilité et la probité.

« On a dit que vous condamneriez parce que
vous deviez condamner, *parce qu'on le voulait
ainsi en haut lieu*, et que *votre jugement était
fait d'avance*.

« Ah ! dût la magistrature française être encore dix fois *épurée*, par des mains de moins en
moins scrupuleuses, jamais je ne me résoudrai
à lui adresser une pareille injure, jamais je ne
croirai que des juges puissent, de sang-froid,
frapper un innocent et donner le specta-
cle, la comédie d'un si long procès, avec
son dénouement préparé d'avance dans leur
poche !!! »

C'est cependant, ce qui arriva, le 14 mai, et
ce que confirma, peu à près, la Cour de Cas-
sation, grâce à un président choisi *ad hoc*,
lequel était censé avoir pris connaissance des
oppositions présentées par le marquis de
Rays, parmi lesquelles se trouvaient « les

deux ordonnances de non-lieu, rendues sur les mêmes faits », ainsi que « la dissimulation faite à l'Espagne desdites ordonnances », dissimulation qui rendait l'extradition *injuste et nulle.*

Faut-il faire remarquer que, sur plus de deux mille huit cents adhérents à l'œuvre coloniale, à peine vingt-cinq plaintes ont été obtenues par tous les moyens de tentations. « Encore, dit M. de Las-Cases dans sa plaidoirie, je ne veux pas les discuter ces vingt-cinq lettres que vous appelez des *plaintes* et qui, pour la plupart, *n'en sont pas*, mais vous avez plus de mille lettres... protestant contre les poursuites, et nous vous en avons remis cinq mille autres écrites dans le même sens ...»

En un mot, tous les adhérents, même plus ou moins lésés eux-mêmes par les résultats, se joignent à la défense, au lieu de se plaindre et d'accuser.

Mais cela n'empêche pas le pauvre marquis de Rays d'expier bientôt, à Fontevrault, le crime de lèse-Maçonnerie, car c'est là le seul véritable. S'il n'a point été relevé plus tôt, c'est que Drumont et tant d'autres n'en avaient point encore établi le *criterium*, qui se retrouve à chaque page de ces tristes débats. Le mettre en évidence sera l'œuvre de cette justice trop

tardive, qu'invoquait le défenseur du marquis
de Rays, de cette justice dont nous invitons à
poursuivre l'œuvre tout ce qui touche au
noble condamné.

Quant à lui, en attendant la fin de son *expia-
tion*, la maladie achève bientôt de le consumer.
Une insultante pitié lui fait grâce de quelques
mois de peine, mais ne rend à la liberté qu'un
cadavre anticipé, destiné à des obsèques pro-
chaines, pendant qu'à la fin même de 1885,
l'Allemagne plante son drapeau sur les terres
dont, par haine de la Croix, n'avait pas voulu
la France maçonnique. L'archipel du *Marquis
de Rays* est devenu l'*Archipel Bismarck!*

Celui qu'on récompensa de la sorte acheva
de mourir au château de Coëtaven, près de
Rosporden, le 10 août 1895.

XXX. — LE PÈRE DE LA CAUNELAYE.

GUSTAVE-MARIE VICTOR du Breil de la Caunelaye, fils aîné d'Auguste-Marie, dixième
comte de Pontbriand, et de Marie-Anne le
Pays du Teilleul, aurait dû s'appeler lui-même

le comte de Pontbriand, titre auquel il renonça de bonne heure pour la qualification d'abbé, ou plutôt de *Père de la Caunelaye*,. sous laquelle il fut connu toute sa vie.

Né à Fougères (Ille-et-Vilaine), le 2 octobre 1832, dans le vieil hôtel patrimonial de sa famille maternelle, il fit ses études chez les Eudistes de Saint-Sauveur de Redon, puis au collège ecclésiastique de Saint-Vincent à Rennes, dit *Pension Bréchat*.

C'était alors un de ces jeunes gens bien doués, quoique médiocrement laborieux, qui semblent avoir la spécialité de prendre sur leurs camarades un ascendant de plus ou moins bon aloi, par leur caractère franc et ouvert, un esprit plein de saillies, volontiers satirique, voire un peu frondeur, fécond en inventions originales, des muscles même, d'une trempe exceptionnellement vigoureuse, qui leur permet, au besoin, de s'ériger en redresseurs de torts : « mauvaises têtes », dit-on, sans pouvoir toujours ajouter : « bons cœurs », du moins si l'on s'en rapporte au jugement bien connu de Joseph de Maistre.

Il causa ainsi à ses maîtres, au cours de son éducation, plus de déboires et de soucis que de satisfaction, et l'on peut en dire à peu près autant de sa famille. Il paraît, cependant, que, dès lors, sa vocation future s'éveillait en lui et y prenait corps à l'état plus où moins latent; mais il ne manqua pas de faire tout ce qui était en son pouvoir pour en écarter l'obsession importune. Sorti du collège, il s'embarqua même, certain jour, pour l'Amérique, à l'insu de ses parents, et l'on prétend qu'il simula un naufrage tragique, à la suite de quoi, il reparut tout-à-coup dans ses foyers, au moment où tous pleuraient sur son trépas.

Toujours est-il qu'il alla, bientôt après, frapper à la porte des Pères de la Compagnie de Jésus, au noviciat desquels, à la stupéfaction de tous, il entra à Angers, le 6 janvier 1853.

Ce fut dès lors un religieux absolument exemplaire et zélé, mais quelque chose lui resta toujours de son premier naturel.

Il eut deux spécialités dans les diverses situations auxquelles l'appelèrent ses supérieurs ; ce fut d'abord l'apostolat des ouvriers et des classes populaires, qu'il étonna quelquefois par des prédications d'un genre assez nouveau pour la plupart, sans tomber cepen-

dant jamais dans cette sorte de démocratisme,
devenu depuis à la mode chez quelques prétendus novateurs. En second lieu, ce fut
la direction des jeunes gens, qu'il sut ame-
ner également à ses fins par des voies qui
n'auraient pas été celles de tout le monde.

La forme souvent assez insolite de son pro-
sélytisme déconcertait un peu les idées ordi-
naires, mais ne le rendait pas moins efficace.
C'était, en somme, un apôtre d'allures très
spéciales. On aurait pu dire de lui : « *Casti-
gat ridendo* ». Il semblait prendre en tout le
contrepied du type admis comme celui du
Jésuite classique ; mais le Diable, ou le Bon
Dieu — *dans l'espèce* — comme disent les
gens de loi, n'y perdait rien. Combien de fois
nous avons entendu dire à certains pécheurs :
« Si j'ai des comptes à régler pour ma conscience, je demande que ce soit par l'intermédiaire du Père de la Caunelaye ! »

Avec cela une austérité très grande pour lui-
même, que nul n'aurait soupçonnée, tant il la
cachait soigneusement sous des apparences
joviales et des manières *bon-enfant*, peut-être
même quelque chose de plus.

Ordonné prêtre le 23 décembre 1865, et
admis à prononcer ce qu'on appelle les grands
vœux, le 2 février 1870, il passa successive-

ment par les écoles ou collèges de Vannes, Paris, (rue des Postes), Vaugirard et le Mans, alternant avec le ministère apostolique dans les résidences de Brest, Rouen, Blois, Poitiers, Bourges et Nantes. C'est dans cette dernière maison que sa santé, longtemps très robuste, déclina sur la fin de sa vie. Il y mourut le 22 septembre 1898, et sa famille obtint, contre les habitudes de son ordre, que ses restes fussent transférés dans la chapelle du château de la Caunelaye où ils furent inhumés le 26 du même mois.

QUELQUES DOCUMENTS

I

Extrait de l'*Histoire de Bretagne* de messire Bertrand d'Argentré. Chapitre cccxci

« ..... Ce fut chose moult estrange et contre nature comme ce prince (François Ier, duc de Bretagne) fut mené et imbu contre son propre frère, et aussi tascha par tous les moyens qu'il peut trouver de lui oster la vie ; et pour y parvenir, il le chargea fort longuement par justice et fit rechercher des plaintes et doléances de luy, de toutes parts, et commanda à son procureur général, qui estait lors messire Olivier du Breil, d'instruire l'accusation et fournir et dicter une plainte contenante toutes les imputations qu'il pourroit Et pour cest effect, le manda venir à luy diligemment en l'église des Cordeliers de Dinan, pour le charger bien étroictement de ce faict, en la présence du sieur connestable de Richemont, qui sollicitoit tant qu'il pouvoit la délivrance de ce pauvre jeune prince. Ledict du Breil, encore qu'il s'en excusast, si fut-il bien précisément chargé de ce faict... Quelques jours après, le duc de Bretaigne assembla son Conseil où estoient présents messei-

gneurs l'évesque de Saint-Brieuc, le sieur de Montau
ban, Artur de Montauban, Robert d'Espinay, mes
sire Jean Hingant, le chancellier, le président et l
séneschal de Rennes, qui estoit lors messire Jea
Loisel, et leur représenta plusieurs lettres qu
avoient esté trouvées au Guildo et à Vennes, venue
d'Angleterre, et les fist lire, qui furent déposée
entre les mains dudict messire évesque de Sainc
Brieuc. Et fut ordonné que les gens dudict messir
Gilles... seroient interrogez, et furent commis pou
cela le président, le séneschal de Rennes et ledic
du Breil, ce qu'ils firent. Le Duc partit sur ce poir
et s'en retourna à Chantocé où il manda son Conse
et les susdicts... où les pièces, lettres et charges fu
rent revües, et commandé à du Breil, procureu
général, de fournir son accusation. Il respond
qu'on lui baillast les articles sur quoy la faire, et qu
selon iceulx il fourniroit son accusation et aultr
chose n'y feroit ; ce qu'il fist ; et ayant dicté un
forme d'accusation en termes généraux... sans
charger de nul crime en particulier, la présenta a
Conseil ; ce qui ne fut pas trouvé bon ; et luy fu
baillé une instruction particulière, et oultre ordonr
qu'il seroit faict distribution de conseil au Duc
audict messire Gilles, selon la façon d'alors, car
Duc se faisoit partie et accusateur en teste, auqu
Duc escheut ledict Dubreil (sic), et à messire Gille
messire Jean Loisel, séneschal de Rennes, qui fire
leurs remontrances en présence du Duc, audict lie
de Chantocé ; sur ce les advis furent pris... Les u

furent d'avis qu'on luy fist son procès, les autres
d'opinion contraire attendu sa jeunesse. Du Breil
s'excusoit de ne poursuivre l'accusation, mais le Duc
ayant ouy le rapport du tout, luy commanda fort
rudement de faire son estat, sans plus en parler, et
qu'il dressast des articles pour les apporter à Redon,
aux Estats qu'il y avoit faict convocquer, ce qu'il fist,
et les apporta à Redon, où le Duc les fist revoir en
grande assemblée des gens de son Conseil, et furent
les articles additionnez et corrigez et baillez au
séneschal de Rennes pour en faire remonstrance aux
Estats... Et bien tost après, allant le Duc devers le
Roy, à Razillé (c'est près Chinon), fist venir ledict du
Breil avec les articles qui furent mis entre les mains
de messire Guillaume Cousinot, maître des requestes
de l'Hôtel du Roy, qui en fist rapport au Roy, lequel,
à la sollicitation de Montauban et Hingant, ils mi-
rent toute peine à altérer contre ce pauvre jeune
prince, vers lequel le Duc ne s'appaisait en nulle
sorte. Le retour du Duc fut à Châteaubriant où fut
amené messire Gilles, et on commença à informer
de plus belle ; et la matière mise en délibération, la
commune opinion du Conseil fut qu'on luy fist son
procès..... Si continua l'on d'informer à Nantes, à
Vennes et ailleurs, et les informations conclutes en
juillet mille quatre cent quarante-sept, furent rapportées devers le Duc, lequel lors demanda à son procureur général que luy en sembloit. Il répondit qu'il
luy sembloit bien qu'il y avoit de la charge assez
pour soutenir l'emprisonnement. Le Duc insista et

luy dit : « et au parsus, qu'avez-vous délibéré d'y
faire ? » Le bon homme procureur général (1) respondit, ou ce fust qu'il le pensast à la bonne foy, ou
qu'il voulust se servir de prétexte, qu'il ne voyoit
pas ce qu'on y peut faire, et que par la coustume,
l'aîné n'avait point de justice criminelle sur son
juveigneur, et que le Duc ne le pouvoit justicier par
sa justice..... Et luy répliqua le Duc : « Eh bien !
(dit-il), cela faict, que profiteroit tout ce qui a esté
faict ? » Et de là en avant, se rebuta de plus pour-
suyvre en la voye de justice, ny depuis n'en fut parlé
aux officiers.

« Cela se fist plus de trois ans avant sa mort, mais
il ne laissa pas de traicter à couvert de pires moyens
que ceux-là : et fist en secret parler à plusieurs en
très mauvaise intention, et entre autres, s'adressant à
messire Jean Hingant, à Olivier du Méel, leur ouvrit
son intention. Quant à messire Jean Hingant qui
estoit du Conseil du Duc, et si dédié à son service
qu'il faisoit estat qu'il exécuteroit ce qu'il luy diroit,
on ne sçait ce qu'il répondit lors ; mais, une nuict,
estant le Duc à Nantes, ledict Hingant y estant
mandé avec du Méel et venu, se trouva fort en peine
de ce que luy avoit dit le Duc, et craignait luy déso-
béir, et luy obéissant, il se voyoit tomber en danger

1. Remarquer qu'à cette époque, cette expression
signifiait seulement : Le bon procureur général, avec
accentuation du qualificatif *bon*, comme qui diràit :
le *très bon* ou *l'excellent*. Pour mieux dire, c'était le
vir bonus.

apparent, à ceste cause, pria du Breil, procureur
général (comme son amy) (1), de luy faire ce bien
de venir parler à luy, environ une heure après
minuict, afin qu'il ne fust veu de personne, et surtout de Olivier du Méel, de peur d'estre descouvert,
ce fut celuy qui depuis y mit la main. Ainsy du
Breil se trouva sur le minuict devers Hingant, lequel
luy ouvrit ce que le Duc lui avait dict. J'ay veu la
déposition dudict du Breil, qui fut depuis interrogé
sur le procès de ceux qui meurtrirent messire Gilles,
qui ne dépose quel propos luy tint Hingant, mais
seulement qu'il le pria que, pour Dieu, il le voulust
conseiller. A quoy luy respondit qu'il n'avait pas
sagement faict d'avoir soutenu le Duc en ce propos
qu'il luy avait dict, et qu'il devoit s'en estre des-
chargé plus tost, qu'il ne voyoit remède sinon qu'il
se retirast hors du pays, et que s'il arrivoit malheur à
messire Gilles, que ledict Hingant et ses enfants
seroient détruits. Et à ce conseil, se retira Hingant,
duquel depuis, le Duc parlant audict du Breil, dit
que Hingant ne valoit rien, et qu'il estoit le plus
lasche homme du monde. Voilà le discours de ce qui
se passa, recueilli de la déposition d'Olivier du
Breil, qui montre que le Duc avait entretenu ce Hingant de quelques mauvais propos, auxquels ayant
presté l'oreille, il s'estoit peu après repenti au con-

1. Ce qui explique cette amitié, ou du moins ces
relations, c'est que le château du Hac, propriété de
Hingant, était dans le voisinage prochain de celui du
Chalonge.

seil dudict du Breil, pourquoy le Duc l'accusoit de
lascheté ; si en fut-il depuis acusé parmy les autres,
et se sauva à grande peine. »

II

Testament de Roland du Breil, seigneur de Rays et des Hommeaux

« *In nomine Domini amen.*

« Je Rolland du Breil, sain en pensée, étant en bon
propos. La merci de Dieu considérant, la fragilité
humaine, et que rien n'est plus certain que la mort,
ni rien plus incertain que leure d'icelle, fais et ordonne mon testament et dernière volonté en les forme
et manière qui ensuit :

« *Premier*. Je donne mon âme à Dieu, mon père
créateur, et la recommande à la benoiste vierge
Marie, à Monsieur sainct Michel, à Monsieur sainct
Jehan, aux benoists apostres sainct Pierre et sainct
Paul, et à toute la benoiste court céleste, et donne
mon corps à la terre saincte, à être ensepulturé en
l'église des Frères Prescheurs de ceste ville de Dynan,
devant l'autier de Notre Dame du Miracle, en tel lieu
que plaira aulx prieur et relligieux du couvent des-

dictz Frères Prescheurs, mais que ce soit devant ledit autier.

« *Item*. Je veulx et ordonne que, au jour de mon enterrement et après, qu'incontinent, de jour en jour, le plus tost que se pourra faire, soint dictes et célébrées milles messes pour l'âme de moy et de mes amis trespassez et pour ceulx pour lesqueulx je suis obligé et tenu prier et fere prier ; et le résidu de mon dit enterrement, comme de draps, de luminaire que autres coutz, je veux qu'il en passe à égard de mes exécuteurs cy après nommés.

Item. Je veulx et ordonne que à jamés et en perpétuel, soint dictes et célébrées troys messes en basse vouez, par chacune sepmaine, aulx jours de lundy, mercredy et vendredy, en ladicte église, et audict autier de Notre Dame de Miracle, pour l'âme de moy et de mes amis trespassés, et veulx que mes fammes défunctes ensépulturées à Sainct Sauveur et ailleurs, avec Jehanne Gouyon, ma famme de présent, soint participantes èsdictes messes, et pour les paines et labeurs des relligieux qui feront ledict service, je leur donne et veulx que ainst quinze livres de rente, qui leur seront payées chacun an par la main de mon hoir principal.

Item. Je veulx et ordonne qu'il soint donné pour l'amour de Dieu, après ma mort et mon enterrement, par la main de mes exécuteurs, la somme de cinquante livres forte monnoye.

Item. Je veulx que mes debtes soient payées (
mes forfaits amandés, si auchuns sont, a esgard c
mes exécuteurs et de gens de bien et de confiance, (
pour ce que je entens abvoir payé la pluspart de me
debtes, et quasi le tout dès ma saine vie, toutesfo
si oultre a quelqu'ung quel je aye oblié et mips e
erre sans le avoir récompensé, se il est gentilhomm
ou bourgeois et homme de foy que l'on puisse prési
mer qu'il ne voudroit nullement se parjurer, je veul
qu'il soit receu sous la somme de cent souls, et qu
soit satisfait, jurant la debte luy estre deue loyai
ment; et se il est homme de bas estat, comme labo:
reur, varlet ou gens de journée, je veulx que ils soi
receus sous la somme de dix souls, jurant la deb
leur estre deue loyaument, et qu'il soit présumé (
eulx que ils ne se voudroint parjurer, et que ils soi
récompansés sur les biens de mon fils aisné et de n
famme.

Item. Je veulx que les robes, fourrures, abillemen
jouyaulx, aniaulx d'or, garnis de pierres précieuse
chaisnes, ceintures, patenotres d'or et aultres chos(
qui ont été faites à usage de ma famme Jehanr
Gouyon, et luy ay baillées et données et dont elle
usé et use et qui luy peust servir auchunement l
demeurent quittes et franches, sans que soint pr
comptées ne rabattues sur la part du partage qui l
peust appartenir sur les biens, meubles de la cor
munauté d'entre elle et moy, et est ceste clause p
abondance à cautelle, et pour espéciale provisi(
pour ce que par la coustume du païs et droit commu

de ce païs, fame à noble peust et doist jouir de telles et pareilles choses, renonçante ou non renonçante aulx biens meubles de la dicte communauté et en cas que en ce, s'en feroint aulcun doubte ou scrupule, je donne à ma dicte famme, par manière de lettre et de don après mon trespas, icelles dictes choses, défendent et prohibent à mon hoir principal et à tous aultres de non lui en fére question ne débat, sus peine du double de l'estimation de icelles choses, et oultre celuy double de estimation, je veulx que celles choses luy demeurent franches comme davant.

Item, je veulx que tous mes abillementz, robbes, pannes, tissus, baguette d'or et un cignet d'or et ma haquenée que je chevauche soient et demeurent à Charles de Breil, mon fils aisné, sans qu'ils luy soint rien comptez sur sa part des biens meubles que luy peult appartenir par cause de ma succession.

Item, mes libvres en françois demoureront à Charles du Breil, mon fils aisné et mon dict hoir principal, et ceulx en latin, tant de loix que de droict canon que aultrement, seront baillés à Guillaume du Breil, mon fils, qui en retiendra et aura pour luy desquels que il luy plaira, sauf à en départir à ses frères, se il voit que ils soint bien employés en eulx.

Item, comme ainsi soit que Raoul du Breil me soit redevant et debteur en la somme de dix livres de rente par obligation que me fist Ollivier du Breil,

son père, à cause du droict que me appartenoit pour
la succession de mes feulx père et mère, sur quoy
m'a esté baillée une portion sous vingt-cinq soulz de
rente ou environ que s'en pourra bien rectifier, et le
parsur me reste toutefois de tous les arrérages du
temps passé jusqu'à leure de mon décez, je le quitte
et le quitte de tous iceulx arrérages et veux que rien
ne luy en soit demandé pour aucune chose en quoy
je luy peux être redebvant.

Item, je veult que chacune des ventes et octri-
ses (?) des seigneurs sous qui je acquis soint payez
loyaument, sy par apoinctement on ne le peut fère,
jaçoit que bien peu en reste que je n'aye payé ou qui
ne m'ainst esté donnés.

Item, touchant le faict du seigneur de Vandelle et de
sa femme qui demandent à abvoir part et portion par
raison du décès de Guillemette de Champaigné feue ma
femme, tant en meubles communs que ès conquests,
qui furent faicts durant le mariage. Toutes choses
considérées qui sont déclarées par un brevet que j'ai
par devers moy, et que je remontre audict sieur de
Vandelle, si l'on luy bailloit cent cinquante escus,
c'est plus qu'il ne luy appartient, ce que je luy ay
offert toutefois abvant que appoinctement n'y fust
trouvé. Je conseille et veulx que luy en soit baillé
deux cent, et s'il ne le veut pas, soit plaidoyé avec
luy par justice.

Item, pour ce que je payé plusieurs debtes que je debvois et dont les aulcunes me ont été données et aultrement satisfaict loyaument, desquelles jé faict et rédigé un petit mémoir signé de ma main de peur de oblier ceulx auxquels je abvois faict poyement et satisfect, et pour rendre mes choses et mes faicts plus clairs, ay faict ceul ce petit mémoir, et lequel, se il en est métié et qu'il puisse servir à quelque chose, pourra estre veu et leu, selon que aviseront mes exécuteurs, et est celuy brevet en date du seizième jour de may l'an mil cinq cent.

Item, je veulx que au lieu de ma sépulture soit mis et assys un tombeau de pierre de Quérrinan, honneste, quel sera armeay de mes armes, escript du jour et an en datte de mon trespas, et afin que les relligieux souffrent et permettent ce fère et pour le debvoir de mon enterraige et sépulture, je donne au couvent et frères d'avant dict cinquante escuz une fois payés.

Item, je donne aux dames de Sainte Clère, pour estre moy et mes amis vivants et trespassés en leurs bonnes prières, dix livres une fois payez.

Item, je donne à Dom Pierre Legendre pour récompense (des services) qu'il m'a faict ma vie durante, dix escus une fois payez.

Item, je donne à Jehan Beaubois, mon serviteur,

pour les services qu'il m'a faict, dix escuz une fois
payés.

Item, je donne à Guillaume Garret, mon serviteur, pour les services qu'il m'a faict, quatre escuz
une fois payez.

Item, je donne à Jehan Mauvoisin, mon serviteur,
pour récompense des peines et labeurs qu'il a eu
avec moy, et pour obvier à scrupule de conscience,
six escus une fois payez.

Item, je donne à Matheline Rogeul, damoiselle de
ma famme, troys escus en oultre et salaire de son
service, une fois payez.

Item, A chacun de mes aultres serviteurs familiers, demourant conjointement en ma méson, en
oultre que je veux que soint payez de leurs services,
je donne à chacun ung escu.

· *Item*, je veulx que Jacques Leroy bastart ayt et
jouysse de sa pension de cent sols de rante sa vie
durante.

Item, je donne et lègue à ma fille Estaisse vingt
escuz une fois payez.

Item, je eu autrefois de Jehan Ferron ung décret
pour la somme de dix libvres moñ. quel abvoit esté
à mestre Raoul Dutertre et vault moult plus que la

debte. Je ordonne que le décret soit rendu aux enfans dudict Jean Ferron et quitte ladicte dette.

Item, je donne à Sainct-Sauveur de Dinan cent sols une fois payez.

Item. A Sainct Maslo de Dynan, dix libvres une fois payez.

Item. A Nostre Dame de Lotellerie, trante solz une fois payez.

Item. A lopital Brécel, vingt-cinq sols une fois payez.

Item. A Sainct Nicolas de Dynan, dix solz une fois payez.

Item. — A hoirs de Robert Seré, du costé devers la femme dudit Seré, leur sera baillé et payé, par la main de dom Pierre Legendre, dix libvres, et s'il ne trouve à qui les bailler, soint donnés aux Jacobins et à Saincte-Clère moitié par moitié.

Item. Es boirs Jamet Baron, par cause de une pièce de terre acquise de Jehan Caillet, est deu chacun an de rante troys deniers ; veulx que leur soit payé le principal et les levées de tout le temps qui leur est deu.

Item. Touchant le fait de Turenne *(sic)*, soit sceu

s'il leur est rien deu, et qu'il leur soit payé, sy il est trouvé, soubs la somme de vingt souls une fois payez.

Item. Je donne aux Frères Prescheurs soixante souls de rente que me doit Jehan Lambert, ciergier, pour entretenir doze cierges, dexquels deux seront de chacun deulx libvres, et deux de chacun une libvre cire, debvant l'ymaige de Notre Dame de Miracle, à jamais et en perpétuelt, et seront lesditz cierges allumés, chacun jour, à leure du salut après complies.

Item. Pour ce que je avisé que j'e eu une certaine quantité d'or, comme environ cent escuz, de Ollivier Robert, pour ce qu'il abvoit empésché la sépulture de ma famme Jehanne de Québriac, et que je debvois regarder en ma conssiance se il abvoit nul droit de la empescher ; toutefois, sur le tout bien avisé, je ordonne qu'il soit payé à ses hoirs la somme de vingt escuz une fois payez.

Toutes et chacune les choses davant dictes, je veulx et ordonne être ainsi faictes et accomplies, et que ce présent mon testament et derraine volonté vaille et sorte son effect plein et exécution quant à tout et chacunes les clauses y comprises, en la meil·leure et le plus grande forme et manière que faire se pourra, et que l'une clause ne soit vittiée et annulée pour l'aultre, en révouquant tous aultres testaments ou codicilles testamentaires, si aucuns sont que aye faict par davant ce jour.

Et pour le faire et meptre à exécution, je élis et choisis à exécution de ce présent mon testament, Jehanne Gouyon, ma famme, Charles du Breil, mon fils aisné, Jehan Ferron et Dom Pierre Legendre, auxquelles et chacun je oblige tous et chacuns mes biens meubles et héritaiges présents et futurs, jusqu'à l'accomplissement de mondict testament, et veulx que Jeanne Gouyon ma famme ayt la principale charge des choses davant dictes.

Donné et faict en la ville de Dynan, en la mason où suys a présant demourant, soubs mon signe manuel, avec les signes et vérifications de Jean Ferron, notaire et tabellion de la court de Rennes à Dynan, et de Dom Pierre Legendre, cy mis et apposé à ma prière et requeste, et de mon commandement, le second jour du mois de may l'an mil cinq cent et ung (1). Ainsi signé : Rolland du Breil, Gilles Ferron présent fut, J. Ferron, passe. P. Legendre... et du Breil, présent fut. *Omnibus prædictis ad salutem.*

Ensuite est écrit : Collationné à l'original nous apparu et représenté par le Révérend père Thomas Patard, procureur syndic du couvent des Reverands pères Jacobins de Dinan y demeurant, et ledit original luy rendu avec le présent par nous notaires des

1. Comme on l'a déjà remarqué, ce *ung* peut être assez aisément pris pour *cinq*, à défaut de point sur l'i.

baronnies de la Hunaudaye Montafillant, au siège de Plancoët, sous son signe et les nostres, ce cinquiesme janvier mil sept cent vingt quatre.

Signé : Frère Pataud, procureur, Salomon not^{re}, Ledéan, not^{re}.

Tiré des archives de Clays-Palys.

III

Fondation par Julien du Breil et Marie Ferré, seigneur et dame du Pontbriand, aux Jacobins de Dinan.

Acte de fondation faite entre les religieux Dominiquains de Dinan et messire Julien du Breil, chevalier de l'ordre du Roi, et dame Marie Ferré, sa compagne et épouse, sieur et dame de Pontbriand et du Boisruffier, par lequel acte lesdits religieux lui accordent d'avoir un enfeu prohibitif dans la chapelle de Saint-Thomas, avec un tombeau élevé de trois pieds et demi et un banc à queue armoyé de leurs armes, et reconnoissent lesdits religieux que c'est en considération de ce que les prédécesseurs dudit du Breil avoient de tout temps fait de grands biens et aumônes audit couvent, entre autres messire Roland du Breil, en son vivant sieur de Rays et des Hommeaux, aïeul dudit sieur de Pontbriand, qui avoit donné plusieurs rentes et fait rembrisser toute leur église et cloitre ; en faveur de quoi ils leur promettent de chanter une messe tous les samedis de chaque semaine ; ledit acte en date du 27e septembre 1574 (1). (Extrait des *Preuves pour la Réformation de 1668*).

IV

Extrait du *Pouillé historique de l'archevêché de Rennes*

par l'abbé GUILLOTIN DE CORSON. T.V, pp. 758, 759.

« ..... Dès 1612, le sire de Pontbriand avait une chapelle prohibitive en cette église (Saint-Briac), car, en cette année-là, Jean du Breil, seigneur de Pontbriand, fonda par testament une messe tous les mercredis « en l'église de Saint-Briac, dans la chapelle et à l'autel de Notre-Dame, vis-à-vis le tombeau dudit testateur estant dans ladite église ». Il fonda aussi une autre messe, le lundi en sa chapelle de l'église de Pleurtuit, et une autre messe le vendredi, en sa chapelle de l'église de Saint-Lunaire (2) ; et de

1. Date certainement plus exacte que celle du 27 septembre 1554 donnée par André du Chesne et du Paz, et raison de la qualité de chevalier de l'ordre du Roi, portée par Julien du Breil.

2. En 1612, dit le même abbé Guillotin de Cor-

plus la distribution d'une mine de blé en pain aux pauvres de Pleurtuit, le jour Saint Jean-Baptiste, et autant aux pauvres de Saint-Briac, le jour de la Trinité.—En 1627, l'ordinaire autorisa René du Breil, seigneur de Pontbriand, à faire desservir dans la cha·pelle de son manoir de Pontbriand les messes susdites fondées à Pleurtuit et à Saint-Briac. Ce seigneur fonda en même temps, en ce sanctuaire, une messe tous les dimanches, de sorte que le chapelain de Pontbriand y disait la messe tous les lundis, mercredis et dimanches. »

V

Testament de René du Breil, seigneur de Pontbriand, et de Jacquemine de Guémadeuc.

Testament de messire René du Breil et de dame Jacquemine de Guémadeuc, seigneur et dame du Pontbriand, du Pin, de la Garde et de Richebois, demeurant audit lieu du Pontbriand, paroisse de Pleurtuit, évêché de Saint-Malo, fait le 15ᵉ du mois d'août

son (T. VI, p. 126), Jean du Breil, seigneur de Pontbriand, légua une rente de deux mines de paumelle, pour la fondation d'une messe « à dire le vendredi de chaque semaine en la chapelle de Pontbriand dépendant de ladite église ».

de l'an 1616, par lequel ils veulent être inhumés en l'église dudit lieu de Pleurtuit, dans la chapelle et enfeu du Pontbriand, à côté du tombeau sous lequel reposaient les cendres de leurs prédécesseurs, ordonnant qu'on ne leur fît aucune pompe funèbre après leur décès non plus qu'aux plus pauvres gentilshommes de la paroisse. Ils veulent que le testament de messire Jean du Breil, seigneur de Pontbriand, père dudit testateur, soit exécuté pour le regard des legs et œuvres pieuses qu'il contenoit, et qu'outre deux messes par semaine qui avaient été fondées dans ladite église de Pleurtuit, l'une par ledit seigneur de Pontbriand, et l'autre par feue dame Antoinette de Pontbriand, dame dudit lieu, il en fût dit une troisième, etc... Le testateur donne à ladite dame sa femme la terre et seigneurie du Pin et les métairies, moulins, dixmes et baillages en dépendants, ce pour la sûreté de la somme de vingt mille livres provenant de la vente faite par ledit testateur à messire Jean Thomas, seigneur de la Caunelaye, des fiefs, juridictions et dépendances de Vaucouleur en Corseul, lesquels appartenoient à ladite dame ; et comme ladite terre du Pin, qui est d'une valeur de douze cents francs de rente, excède de deux cents francs de rente le prix de la vente de la terre de Vaucouleur, ledit testateur veut qu'en cas que ladite dame sa femme lui survive, elle jouisse desdites deux cents livres de surplus pour son droit de douaire, au moyen de quoi la terre et chastellenie du Pontbriand demeureroit auxdits enfants mineurs, etc..., et ledit testateur donne à Etienne-Claude du Breil, son oncle, seigneur de la Marche-Pontbriand, le revenu de la maison et métairie de Vaurouault, sa vie durant, pour servir à sa nourriture et entretien.

Ce testament, signé : René du Breil, Jacquemine de Guémadeuc, et d'Angoulvent, recteur de Pleurtuit, fut approuvé, le 20 septembre 1616, par Thomas de Guémadeuc, baron de Guémadeuc et gouverneur de Fougères, frère de ladite dame, plus, le 1er dudit mois, par Pierre de Chasteaubriand, seigneur de Beaufort, cousin germain, et, le 10 novembre de la même année, par le baron de la Muce-Bruslon, oncle du testateur.

Avec un acte de confirmation du 3 août 1617, signé : René du Breil, *depuis estre guéri*, Jacquemine de Guémadeuc, Claude du Breil, François l'Advocat, Rouan, notaire ecclésiastique, Julien le Dos et J. le Mahé. — *Preuves de Jean-Baptiste-Tanguy du Breil de Pontbriand, pour les Pages du Roi, de la Grande-Ecurie.*

VI

Fondation par René du Breil à Saint-Sauveur de Dinan

Acte de fondation faite par messire René du Breil, chevalier et dame Jacquemine de Guémadeuc, sieur et dame du Pontbriand, et le corps politique des paroissiens de Saint-Sauveur de Dinan, qui accordent auxdits sieur et dame du Pontbriand, qu'en considération des obligations qu'ils ont à leurs ancêtres, il sera dit à perpétuité une messe chaque semaine, pour les seigneurs du Pontbriand, avec les prières nominales, ledit acte en date du 30e janvier 1611. — *Preuves pour la Réformation de la noblesse de 1668.*

VII

Autre par le même à Pleurtuit

Requête présentée au révérend père frère Guillaume Rouxel, docteur en théologie de l'université de Paris, du couvent des Frères-Prêcheurs de Dinan, le 10ᵉ juillet 1622, par laquelle se voit que ledit sieur du Pontbriand (René du Breil) fit l'établissement du Saint-Rosaire dans la paroisse de Pleurtuit, où il parle comme fondateur de ladite église, cymetière, presbytère et dépendances, où parle et est aussi dénommé messire Claude d'Angoulvent, recteur, messire Mathurin Bugault, subcuré d'icelle paroisse et autres prêtres de ladite paroisse, messire Christophe Desnos, chevalier, seigneur de la Motte-Tourande et du Pont ; écuyer Julien d'Yvignac, sieur du Closneuf et de la Boussarde ; écuyer François Olivier, sieur de la Villeaumorays et des Boisaupiette ;

écuyer Noël Chauchard, sieur de la Villemé et de la
Villeneuve ; écuyer Jean de Rocheford, sieur de
Gardon, et autres paroissiens de ladite paroisse de
Pleurtuit. — *Mêmes Preuves.*

VIII

Autre par le même à Saint-Briac

Du 20ᵉ octobre 1629. Nous, René du Breil, sieur
chastelain du Pontbriand, la Garde, la Houlle, ayant
en vue la piété et dévotion des paroissiens de Saint-
Briac, comme ils ont requis et obtenu la confrérie du
Saint-Rosaire estre establie dans leur esglise, à l'autel de Notre-Dame, et m'ayant fait part que ledit autel
n'est pas paré et assorti comme il appartient, etc...
s'engage à contribuer de tout son pouvoir à l'accomplissement d'une si bonne œuvre, sans toutefois prétendre autres droits et prérogatives qu'avant l'établissement de ladite confrérie, n'ayant en vue que la
gloire de Dieu, etc.

Signé : René du Breil.

Registres de Saint-Briac.

TABLE DES MATIÈRES

CHAPITRE III

XVIII⁰ siècle

CHAPITRE IV

Derniers temps

DOCUMENTS

BERGERAC

Imp. Générale du Sud-Ouest (J. CASTANET)

Place des Deux-Conils

www.ingramcontent.com/pod-product-compliance
Lightning Source LLC
Chambersburg PA
CBHW051818020726
47502CB00005B/1524